부모님,
당신도
교육자입니다

30년 유아 교육자가 전하는
아이들을 위한 동반 성장 프로젝트

부모님, 당신도 교육자입니다

안양숙 지음

프로방스

우리 아이에게 가장 좋은 선생님은 부모님입니다

"의사는 생명을 다루지만, 교사는 영혼을 다룬다."

이탈리아 최초의 여의사이자 철학자이면서 교육자였던 마리아 몬테소리의 이 말이 유아교육을 전공하던 학창 시절 저에게 훅 들어왔습니다.

여러분은 어떻습니까?

교육은 누구나 할 수 있지만 아무나 해서는 안 됩니다! 소중한 아이의 가장 좋은 선생님이 되어야 합니다. 교사는 영혼을 다루는 존재이기 때문입니다. 가장 좋은 선생님은 학교나 기관에 있는 것이 아님

5

니다. 바로 가정에 있습니다.

유아교육 현장에서 30년간 배우고 나누기를 멈추지 않았던 저는 아이들의 영혼을 다루는 가치 있고 소중한 일을 소홀히 할 수 없었습니다. 제대로 된 교육 철학으로 아이들이 중심이 되는 교육을 실행하는 것에 열정을 다했습니다. 제가 그리는 교사상을 실천하며 좋아하는 일을 잘할 수 있고 즐길 수 있었으니 바로 천직이라 여겨졌습니다.

아이들을 위해 교사의 역할이 가장 중요하다고 여겼기에 교사의 역량을 강화했습니다. 끊임없는 교육과 연수, 교수법 코치 등으로 동료 장학을 하여 교사들의 역량이 성장 강화되었습니다. 아이들의 행복한 성장을 위한 프로그램을 개발하고 다양한 교육 활동을 하면서 교사 효능감과 성취감이 높아졌으며 교육의 질이 우수하여 각종 상을 받았고 우수 교육기관으로 선정되어 사례집으로 발간되기도 하였습니다.

아이들이 원에서 즐기고 배운 놀이의 교육적 효과를 높이기 위해서는 가정과 연계가 이루어져야 하며 부모님의 역할은 매우 중요합니다.

아이들은 부모님과 일상을 보내는 시간이 더 많습니다. 부모의 무의식적인 일상과 태도를 아이들은 그대로 모방합니다. 아이는 부모님을 보고 듣고 따라 하게 됩니다. 부모는 아이들에게 가장 소중하며 큰 영향을 미치는 존재입니다. 아이들은 부모의 거울이지요. 바로 이런 이유에서 부모는 가장 좋은 교육자여야 합니다.

아이들은 제각기 다른 빛과 무한한 잠재력을 타고납니다. 저마다 인식하고 표현하는 방법이 다른 개별성을 가진 존재이기도 합니다. 아이들이 각자의 빛을 발산할 수 있도록 자존감과 자신감을 가장 잘 키워 줄 수 있는 교사, 무한한 잠재력을 표출할 수 있도록 가장 많이 협력하는 교사, 평생 아이들이 가장 좋아할 수 있는 교사는 바로 부모님입니다.

이 책은 초보 교사인 부모님들께 자녀와 동반 성장하는 교육자의 길을 열어 줄 것입니다. 왜 부모가 교육자여야 하는지, 왜 부모도 자녀와 함께 성장하고 배워야 하는지, 부모라는 교사에게 필요한 의식 혁명은 무엇인지, 어떻게 부모가 훌륭한 교육자가 될 수 있는지 등에 대해 알 수 있을 것입니다.

이 책에서 제시한 미션을 일상에서 실천하고 습관화하면 좋은 부모님에서 좋은 교육자로 한 단계 더 성장하고 발전할 수 있게 되며, 자녀들은 모두 마음과 몸이 건강하게 성장하고 자라게 될 것입니다.

교사는 아이들의 영혼을 다룹니다. 이런 중요한 역할을 학교나 기관의 선생님에게만 맡긴다는 것은 자녀를 사랑하지 않는 것과 같습니다. 자녀를 진정으로 사랑한다면 배워야 하고 성장해야 합니다.

성장한 만큼, 아는 만큼 자녀를 더 깊게 사랑할 수 있기 때문입니다. 평생을 교육에 몸담은 저의 글이 따뜻하게 다가가 도움이 되길 바랍니다.

나 역시 1974년부터 유치원 교사를 하면서 훌륭한 원장님들을 만나 유아교육을 시작하여 훌륭한 교사상을 그리며 자신을 교사로서 다져 왔다. 교사 7년의 짧은 경험으로 1985년 원장 수녀님이란 부름은 많은 부담으로 다가왔다. 그래서 교사들의 성장에 도움이 된다면 칭찬, 호된 꾸중까지 아끼지 않았다. 사실 꾸중을 한 날은 밤에 잠을 설치며 정말 교사를 위한 것인지 나 자신의 감정 폭발인지를 성찰하며 후회한 날도 많았다. 어린이에 대한 사랑만으로 열정을 다해 유아교육 현장에 있던 시절에 만난 안양숙 원장님은 지금까지 서로 연락을 하며 한결같은 마음으로 유아교육에 대한 나눔을 할 수 있는 사람이다.

본 원고에서 "안녕하십니까? 세상에서 가장 가치 있고 중요한 일을 하는 아롱다롱 어린이집 원장 열정 안양숙입니다."라는 소개를 보면서 자신을 잘 알고 있다는 생각이 든다. 유아교육 현장은 세상에서 가장 가치 있고 중요한 일을 하고 있다고 나는 감히 말하고 싶다. 왜 냐하면 어린이들은 보지 않는 것 같지만 모든 것을 보고 보는 대로 흡수하는 특징을 가지고 있기에 우리의 숨길 수 없는 거울이다.

어느 날, 유치원 버스 안에서 한 아이가 말했다.

"수녀님 손이 우리 할머니 손이랑 똑같아요. 그러니까 수녀님도 할머니예요."

이것은 저에게 알려준 할머니 신호 1탄이었다. "아니야, 나는 할머니가 아니고 아직 젊은데"라고 대답했을 때 "할머니 맞아요."하고 자신 있게 말하던 아이들, "수녀님 얼굴에 점이 많아서 돈이 많이 들겠어요."라고 나의 얼굴을 보게 하는 아이들, 우리는 아이들이 보는 눈이 정확하고 빈틈이 없다는 것을 알고 깜짝 놀랄 때가 많다.

이런 어린이들을 잘 알고 있기에 안양숙 원장님은 이 힘든 시기에도 유아교육 현장을 떠나지 못하고 또 한 번 유아교육의 중요성에 대하여 세상에 외치고 있는 것이 이 책이라는 생각이 든다.

부모만큼 어린이에게 중요한 교사가 없다는 것은 저의 유아교육 30년의 경험으로도 절실히 느끼며 부르짖던 말이다. 60대 중반을 넘은 지금도 고쳐지지 않고 저 자신도 모르게 몸에 배어 있는 부모의 말, 행동, 정서임을 보고 있다. 부모가 얼마나 중요한지를 알기에 부모는 어린이에게 평생 교육자라고 말하는 이 책이 부모들에게 성장과 변화의 필요성을 상기시키는 계기가 되었으면 한다.

부모님들도 사람인데 어찌 완벽하리오. 그래서 부모는 배우고 성장하고 변화해야 한다. 부모가 성장하는 만큼 어린이들도 성장한다. 안양숙 원장님의 글 중에 '배운다는 건, 가르친다는 건, 희망을 노래하는 것.'은 교사와 부모가 함께 하는 교육의 중요성을 말해 주는 것이다. 제가 하고 싶었던 말, 했던 말들을 모두 전해 주어 무엇보다 안양숙 원장님이 자랑스럽고 존경스럽다.

사람은 누구나 어디서나 누구에게나 배울 것이 있다는 것이 나의 생각이다. 이름난 유치원이나 어린이집이 아니더라도 한 가지는 배울 것이 있다. 마찬가지로 교사와 교사, 학부모와 학부모, 부모와 자녀 간에도 서로 배울 것이 있다. "보는 눈은 행복하다. 들을 수 있는 사람은 행복하다." 우리는 너무 잘났다고 생각하기에 맹인이 되고, 귀머거리가 된다. 조금만 자신을 비우면 보이고 들린다. 아이들을 향해 마음을 열고 경청하고 공감하다 보면 그 속에 많은 답이 있다는 것을 알게 된다. 바로 이것을 깨달은 사람이 안양숙 원장님이라는 생각이 들기에 이 책을 추천하고 싶다.

사회복지법인교육회 사무국장 정순희 젬마 수녀

세상에는 좋은 책들이 참 많습니다.

유명한 철학자가 쓴 유려한 문장의 교훈서가 우리의 마음을 끌기도 합니다. 서점가 책장에 꽂힌 수없이 많은 책은 제각기 무언가 전하고 싶은 메시지를 품은 채 독자의 손길을 기다리고 있습니다.

이번에 출간되는 안양숙 선생의 『부모님, 당신도 교육자입니다』를 접하면서, 지금까지 자식들을 길러온 부모의 입장에서 많은 것을 되돌아보고 반성하는 계기가 되었습니다.

평소 가까이에서 안양숙 선생을 지켜본 터라 본문의 내용 하나하나가 멋과 장식을 위한 교육 구호가 아니라 현장에서 체득한 경험과 유아 교육자로서 아이들을 위한 간절한 소망이 그대로 배어 있어서 한편의 자서전을 읽는 느낌이 들었습니다.

아이는 부모를 보고 배웁니다.

부모의 일거수일투족(一擧手一投足)은 우리 아이들의 영혼을 지배하고 평생 그림자처럼 함께 살아갑니다.

열 마디의 말이나 지식보다 배운 대로 바르게 행동하는 '지행합일(知行合一)'의 정신이 어느 때보다 필요하다고 생각됩니다.

오랜만에 개인적으로 바라던 책이 출간되어 기쁘고 모든 부모님들의 훌륭한 교육 지침서가 되리라 확신합니다.

예천문화원장 권창용

주말이면 예천 터미널에서 원장님을 자주 만나게 된다. 어디 가시느냐고 물으면 원장님은 명랑한 목소리로 유아미술연구회 교육이나 유아교육 관련 강연에 가신다고 한다. 아롱다롱 어린이집 원장, 경북도립대학 유아교육과 외래 교수로 항상 바쁘게 생활하시면서도 시간을 내어 연구하는 모습에 교육자인 나도 자극을 받게 된다.

'부모님, 당신도 교육자입니다'라는 책에서도 원장님의 아이들을 위한 순수한 사랑과 열정을 엿볼 수 있다. 아이들의 평생 선생님인 부모도 공부하고 실천하는 자세로 자녀를 키워야 한다는 내용에 공감한다.

경북도립대학교 유아교육과 전학과장 김영식

삶의 모든 것과도 같은 내 아이.
건강하게 잘 양육하고 싶었습니다.
모든 부모의 바람이고 역할일 것입니다.
쉽지 않은 일이었습니다.

제 두 아이를 보면서 '같은 배에서 나왔지만 어쩜 이렇게 다를까?'
할 때가 많았습니다. 훈육하면서 예상치 못한 반응에 당황하기도 하
고, 한 번씩 무의식의 나를 발견하게 되는 경우도 있었습니다.

알고 보니 아이들의 타고난 기질과 부모와 자녀의 기질이 달라 서
로를 이해하는 데 어려움이 있었습니다. 아이에 따라 양육 방식의 차
이가 있어야 했고, 또 아이의 성장에 따라 부모도 공부가 필요했습니
다. 아이들의 행복한 성장을 위해 부모도 동반 성장할 수 있도록 부모
교육에 사명감을 가지고 좋은 교육자가 되어 주신 분을 소개합니다.

아이를 어린이집에 보내며 만나게 된 안양숙 원장님. 첫 만남에서
느껴졌던 열정과 신뢰에 이제는 시간이 흘러 감동과 존경의 마음이
더해졌습니다. 아이들과 자신이 발달을 더 잘 이해하고자 하시는 부
모님들께 추천합니다. 어떤 교사의 가르침보다도 강력한 부모의 교육
적 영향력을 발휘할 수 있도록 도와주실 것입니다.

아롱다롱 어린이집 학부모 운영위원 김꽃별

한 인간으로서 살아가는 데 인성과 지식 둘 중에서 어느 것이 더 중요하다고 생각하십니까?

　인성과 지식 둘 다 중요하지만, 지식은 교사의 역할이 더 크고 인성은 부모의 역할이 절대적입니다. 부모가 교육자가 되어야 한다는 주장에 공감하면서, 그에 따른 부모님의 역할을 30여 년간의 경험과 실행 사례 중심으로 제시해 주는 매력 있는 도서로 생각하며 적극적으로 추천합니다.

前 경북 여성가족정책관 조봉란

우리는 모두 '꿈'을 꿉니다. "꿈꾸지 않으면 사는 게 아니라고…"라는 노랫말처럼 항상 꿈을 꾸며, 꿈을 위해 살아가는 우리!

'교사'라는 직업이 바로 우리 아이들이 성장하고 안정감을 느끼며 자신의 꿈을 꿀 수 있도록 도와주는 역할이 아닌가 싶습니다.

이렇게 아이들의 성장에 중요한 역할을 하는 교사가 되기 위해서는 바로 '자격증'이 필요합니다. 하지만… 정작 아이와 함께 가장 많은 시간을 보내며 거울의 역할을 하는 우리 부모님들에게는 '자격증'이란 것이 없습니다.

'나에게 주어진 소중한 보물'인 자녀를 만남에 있어 사전 준비도 어떠한 교육도 이루어지지 않은 채 부모가 되는 것이 현실입니다.

옛말에 '애들은 낳아 놓으면 스스로 큰다.'던 그 시대는 지금 우리가 살고 있는 현 시대와 많이 동떨어진 말이지요. 맞벌이 하거나 독박 육아를 하면서 그리고 어떠한 준비도 없이 아이를 낳고, 아이의 발달도 생소하고 행동의 원인과 그 행동으로 인해 어떤 점이 생기는지에 대해 어렵고 낯선 게 현실입니다.

이런 시대에 안양숙 원장님은 "부모님에게도 자격증이 필요하다."라고 말씀하셨습니다.

원장님의 교육관과 아이들과 부모님을 생각하는 마인드가 존경스럽고 닮고 싶어 함께 한 지 20년이 되어갑니다. 늘 함께하며 저 또한 아이의 부모가 되고 키워 보면서 정말 가슴으로 와 닿는 말이었습니다. 부모님에게도 자격증이 필요하다는 그 말!

너무나 어렵고 생소한 육아. 이런 부모님들에게 조금이나마 도움이 되고자, 그리고 이로 인해 유아들이 행복한 세상을 만들고 싶어 시작하셨던 '아롱다롱 부모교육 프로젝트'.

부모가 먼저 자기 자신을 알고 자아를 단단히 한 후 '나를 알고 자녀를 알아야 한다.'라는 기본 아래 이루어진 부모교육 프로젝트!

아롱다롱 어린이집 아이들에게만, 그리고 부모님들에게만 국한되었던 이 모든 것들이… 원장님이 쓰신 책을 통해 모든 부모님도 함께 소통하실 수 있음에 설렘과 반가움을 감출 수가 없습니다. 아이들이 등원할 때 항상 무릎을 굽혀 아이의 눈높이에서 인사해 주시는 원장님의 '아이들을 사랑하는 마음'이 모든 부모님에게도 이 책을 통해 그 의미와 감동이 전해져 자녀와 함께 성장하는 부모님들이 되시리라 기대해 봅니다.

아롱다롱 어린이집 주임 교사 황진연

이 책은 부모와 자녀간의 가장 중요한 관계를 교육으로 실천하는 지침서 같은 책으로, 30년 현장전문가의 부모교육에 대한 생생한 기록들이 수록되어 있는 명서입니다.

평생을 유아교육에 헌신하며 자녀들과 부모의 교육을 올곧게 실천하는 방법들을 구체적으로 써내려감으로써 어떤 책에서도 찾을 수 없는 독보적인 교육관과 실천력이 그대로 전해지는 책으로 책장을 넘기는 내내 흥미로움을 감출 수가 없었습니다. 특히 에니어그램이라는 성격유형도구를 통해서 필자가 실제로 경험하고 부모와 자녀가 함께 변화되도록 교육한 내용을 사실적으로 보여줌으로써 유아교육 관련종사자들 뿐만 아니라 모든 부모님의 필독서로 꼭 읽어봐야 할 책 중에 하나임을 확신합니다.

한국중앙교육센터 대표, 성격자본연구소 소장
『성격이 자본이다』 저자 류지연

제 1 장

왜 부모가
교육자여야 하는가?

아이와 부모, 서로에게 가장 소중한 존재

세상의 모든 부모님께 물어봅니다.

세상에서 가장 소중한 것은 무엇입니까?

부모교육을 할 때 "어머니, 어머니께 가장 소중한 것은 무엇인가 요?"라고 물어보면 여기저기서 건강, 돈, 명품 가방이라고 말씀하시 며 한바탕 웃지요. 그러다가 "아이들, 내 새끼요." 하시며 눈이 초롱 초롱해지고 진지해집니다. 그리고는 세상의 어떤 것도 부럽지 않다는 듯 행복한 미소를 짓습니다.

그렇습니다. 부부가 죽도록 사랑해서 결혼을 했든 아니든 상관없 이, 지금 돈이 있고 없음에 상관없이, 현재 건강하든 아프든 상관없이 부모에게 가장 소중한 것은 자녀였습니다.

편식하지 않고 밥 잘 먹는 옆집 아이를 빗대어 "너 안 먹어서 언제 크냐? OO는 엄마 말 잘 듣고 잘 먹어서 키 크고 힘도 세 보이던데."라고 말하는 엄마에게 아들이 "엄마 그럼 나랑 바꿀 거야?"하네요. 에쿠나! 엄마는 생각지도 못했던 아이의 말과 마음입니다.

내 아이는
그 어떤 것과도 바꿀 수 없는 존재.
무엇이라도 다 해 주고 싶은 존재.
아플 때 대신 아파주고 싶은 존재.
자는 모습을 바라만 봐도 힘이 나는 존재.
미소 한방에 무장해제 되는 존재.
부모를 들었다 놓았다 하는 존재인데…

부모님은 자녀에게 어떤 존재였을까요?

바깥 놀이터 자갈밭에서 조그만 돌을 만지작거리던 아이에게 "돌이 참 예쁘다 그치?"라고 하니 "엄마 갖다줘도 되요?"라고 말하는 입에 미소가 가득합니다. 한참 후 아이를 보니 주머니 불룩하게 넣어 와서 씻고 있는 거예요.
"왜 돌을 씻고 있니?"
"엄마한테 선물하려고요."
그 아이는 씻은 자갈돌을 가방에도 넣지 않고 온종일 주머니 속에서 없어질세라 만지작거리면서 확인하고 또 확인하더니 소중히 집에 가져가서 엄마에게 전해 주었답니다.

농작물 생태 관찰 체험장에서 고추, 땅콩, 고구마, 가지, 토마토를 심고 가꾸고 딸 때도 "우리 엄마, 아빠 줄 거야." 서로 다투어 말하며 즐긴답니다.
"우리 엄마는 땅콩 좋아하는데"
"우리 아빠는 매운 고추 진짜 좋아하거든."

왜 그럴까요?

그것은 부모님께 소중한 존재가 아이인 만큼, 아이에게는 부모님이 가장 소중한 존재이기 때문이지요. 아이들은 부모님께 고집을 피우고 떼를 쓰거나 얌전한 듯 눈치를 보기도 하지만, 부모님의 말씀 한마디와 눈빛, 감정까지 공유하고 있어요. 이러한 아이들에게 부모님은 신적인 소중한 존재입니다.

음악을 틀고 신나게 나들이를 떠나는 가족이 있었지요. 노래를 따라 부르는 마음 들뜬 아이를 보며 부부도 기분이 좋았답니다. '이렇게 좋아하는데…' 일한다고 자주 나오지 못한 것이 미안한 마음이 들었다지요. 한참을 가다가 길을 잘 못 들어선 걸 안 부부는 아이가 있다는 걸 잊은 채 서로를 탓하며 큰소리로 다툼을 하게 되었답니다.

"야, 기분 나빠 못 가겠다. 그냥 집으로 가."
"그래… 그냥 집으로 가."

격양된 많은 감정이 말과 행동으로 마구 표출되었던 것입니다. 아이의 울음소리에 싸움을 멈추고 돌아보니 아이는 울면서 "엄마 아빠 싸우지 말아요. 사이좋게 지내요."라고 말했습니다. 부부는 아차 하면서 아이의 감정을 알아차리고는 "엄마 아빠 싸운 거 아니야. 그런데 소리가 커서 싸우는 줄 알고 놀랐구나. 미안해." 했지요. 아이에게 사과하고 부부끼리 사과하고 "우리 사이좋게 지낼게." 하며 아이로 인해 나들이를 이어 갈 수 있었다고 해요.

부부가 감정을 알아차릴 수 있도록 했던 것은 바로 자녀였지요.
이것이 자녀의 힘입니다.
부모에게 자녀는 가장 소중한 존재이기 때문입니다.

아이와 부모, 서로에게 가장 소중한 존재입니다.

미션: 가족 구호 만들기

내가 엄마가 되기 전에는

(1999년 독일 프랑크푸르트 국제도서전에서 '가장 아름다운 책'으로 선정된 에바 토트의 시집에 실린 시)

내가 엄마가 되기 전에는
언제나 식기 전에 밥을 먹었다
얼룩 묻은 옷을 입은 적도 없었고
전화로 조용히 대화를 나눌 시간이 있었다

내가 엄마가 되기 전에는
원하는 만큼 잠을 잘 수 있었고
늦도록 책을 읽을 수 있었다
날마다 머리를 빗고 화장을 했다
날마다 집을 치웠다

엄마가 되기 전에는 마음을 잘 다스릴 수 있었다
내 생각과 몸까지도

누가 나한테 토하고 머리카락을 잡아당기고
손가락으로 나를 꼬집은 적은 한 번도 없었다
울부짖는 아이를 두 팔로 눌러
의사가 진찰하거나 주사를 놓게 한 적이 없었다
눈물 어린 눈을 보면서 함께 운 적이 없었다
단순한 웃음에도 그토록 기뻐한 적이 없었다
잠든 아이를 보며 새벽까지 깨어 있었던 적이 없었다
아기가 깰까 봐 언제까지나 두 팔로 안고 있었던 적이 없었다

그토록 작은 존재가 그토록 많은 내 삶에
영향을 미칠 줄 생각조차 하지 않았었다
내가 누군가를 그토록 사랑하게 될 줄 결코 알지 못했었다

나 자신이 엄마가 되는 것을
그토록 행복하게 여길 줄 미처 알지 못했었다
내 몸 밖에 또 다른 나의 심장을 갖는 것이
어떤 기분인지 몰랐었다
아이에게 젖을 먹이는 것이
얼마나 특별한 감정인지 몰랐었다

한 아이의 엄마가 되는 기쁨
그 가슴 아픔
그 경이로움
그 성취감을 결코 알지 못했었다
그토록 많은 감정을
내가 엄마가 되기 전에는

평생 선생님은 부모뿐!

〰〰〰〰〰〰〰〰〰〰〰〰〰〰〰〰〰〰〰〰〰〰

"양숙아, 부모님과 아이들을 진심으로 대해야 한대이."

"양숙아, 오늘도 교육 간다고? 선생님들하고 같이 가나? 운전 조심해라. 마음 급하다고 빨리 가면 안 된다. 천천히 가야 해."

교육 갈 때마다 전화로 어린아이를 대하듯 제게 말씀하시는 여든넷의 친정어머니는 평생을 변함없는 사랑과 따뜻한 마음으로 제게힘이 되어주시는 저의 평생 선생님이십니다.

따뜻한 교사상을 꿈꾸고 실행하기까지 제게 선한 영향력을 미친존경하는 선생님들이 많습니다. 영아기, 유아기, 아동기, 청소년기, 대학교, 현재까지 참으로 많은 선생님을 만났지요. 지금도 눈시울을 젖게 하는 감사한 선생님들입니다. 그때 그 순간들이 또렷이 떠올라 가슴이 뭉클해집니다. 많은 선생님과 길게 3년, 짧게는 1년을 함께 하였지요. 제게 일정 기간 교육을 제공해 주셨고, 세월의 흐름 속에 퇴임하시어 잊히거나 추억 속 그리운 선생님으로 남아 있지요. 그러나 일정 시기가 아니라 정년퇴임이 없는 평생 선생님이신 분이 있습니다.

바로 저의 부모님.

긴 시간 함께하며 평생 자식을 위해 아낌없는 사랑과 가르침을 주신 선생님은 부모님이었습니다.

가난해서 먹을 것이 많지 않았던 6남매에게 콩 한 쪽도 나누어 먹어야 한다는 형제의 우애를 가르치신 어머니. 아침에 일찍 일어나고 밤에는 일찍 자는 규칙적인 생활 습관과 성실함을 몸소 실천하신 아버지. 부모님의 이러한 가르침과 성품은 형제간 우애뿐만 아니라 타인을 배려하고 존중하는 이타심을 갖게 했고, 규칙적인 생활과 성실함은 신뢰받는 사람으로 성장하게 했습니다. 또한, 삶에 어려움이 있을 때마다 함께해 주시며 도전하는 용기와 자신감을 불어 넣어주셨지요. 지금도 '언제나 네 편이야.'라는 메시지를 담아 저를 따뜻하게 바라보는 어머니! 잘한 것은 칭찬하고, 잘못한 것은 누구보다 마음 아파하시며 격려해 주는 어머니는 평생 저의 선생님이셨습니다.

저의 부모님이 그랬듯이 모든 부모는 자녀들의 평생 선생님입니다. 태어나서 가장 먼저 만난 사람. 매일 지켜보며 발달을 도와주는 사람. 이유나 조건 없는 무한 사랑으로 언제나 자식 편인 사람. 자녀와 함께 성장하는 사람은 부모입니다. 자녀 출산과 동시에 부모는 평생 자녀의 선생님으로 임용된 것입니다. 그러기에 자녀에게 가장 오랜 시간 큰 영향력을 미치는 부모는 평생 아이가 가장 좋아하는 선생님이자 가장 좋은 선생님이 되어야 합니다.

아이가 일으켜 달라고 하면 손을 내밀어 일으켜 주고
아이가 걷기 시작하면 아이의 손을 잡고 함께 걸어주고
아이가 혼자 걷고 싶어 하면 과감하게 손을 놓아주는 것이
부모의 역할이라고 전문가들은 말합니다.

자녀의 최초의 선생님이자, 자녀의 평생 선생님인 부모님!
자녀가 가장 존경하는 평생 선생님은 바로 당신뿐입니다.
당신은 평생 자녀의 선생님입니다.

미션: '나는 선생님이다.' 매일 큰 소리로 외치기

아이와 가장 많은 시간을 보내는 존재다

"여보, 양말 어디 있어?"
"여보, 00이 옷 좀 입혀 줘요."
"싫어! 치마 입을 거야."

아이들이 있는 집의 아침은 늘 시끌벅적합니다. 이렇게 한바탕 전쟁을 치르고 나면 부모는 직장이나 가정에 아이는 유아교육 기관에서 일정 시간을 보내게 되지요.

육아와 가사 활동, 직장과 자기 개발, 사회활동 등으로 너무나 바쁜 부모는 하루가 정신없이 지나가고 너무나 짧지만, 아이의 하루 시간은 고무줄과 같습니다. 즐겁게 놀면 너무 짧고 욕구가 충족되지 않으면 너무 긴 시간이지요. 더구나 낮잠을 자고 일어나면 하루를 더 연장한 시간이 되기도 하지요.

하루 24시간!
부모님, 하루에 아이들과 함께 하는 시간이 얼마나 됩니까? 아이들이 유아교육 기관에서 하루를 다 보내고 있다고 생각하시나요? 정말 그럴까요? 똑같이 주어진 시간을 다르게 느낄 수 있는 시간의 가치를 인식해야 합니다.

시간은 누구에게나 주어지는 연속적이고 절대적인 시간을 뜻하는 크로노스와 순간이나 주관적인 목적을 가진 사람에게 포착되는 의식적이고 주관적인 시간을 뜻하는 카이로스가 있습니다.
아이에게도 부모님에게도 하루 24시간 똑같이 주어지지요. 하지만 하루가 너무 짧은 부모와 어제도 오늘로 연장된 하루가 긴 아이가 느끼는 시간은 너무나 다릅니다. 저는 부모님과 아이들이 느끼는 서로 다른 시간의 존재와 가치를 봅니다.

부모 상담 전에 가정에서의 생활과 기본 생활 습관, 부모님과 아이가 함께 있는 시간, 부모님이 놀이에 참여하는 시간, 부모님과 자녀가 소통하는 시간이 얼마나 되는지 사전 조사를 하지요. 대부분 부모님과 아이가 함께 있는 시간은 오전 7시부터 어린이집 등원 전까지이고 오후는 어린이집 하원 후부터 자기 전까지라고 합니다. 부모님이 놀이에 참여하는 시간은 0분~20분 정도, 부모님과 자녀가 소통하는 시간은 잠자기 전이라고 응답합니다. 이러한 사전 조사를 할 때 많은 부모님은 아이와 함께한 시간을 돌아보게 되고 반성한다고 했습니다.

시간을 나누어 보니 부모님이 의식하지 못했던 것이 아이와 함께 있는 시간은 짧지 않았다는 것입니다. 또한, 부모님이 아이와 소통하고 놀이에 참여하는 시간은 너무나 짧았거나 없을 때도 있었다는 것이에요. 그래서 부모와 함께하는 시간보다 기관에 있었던 시간이 훨씬 더 길다고 느낀 것이지요. 아이들은 일상의 놀이를 통해 성장하고 발달합니다. 가정에서도 아이의 놀이는 연속적으로 일어나고 있는데 부모님은 의식하지 못했던 것이지요. 부모님이 의식하지 못한 중요한 사실은 아이가 가장 편안해하면서 가장 많은 시간을 보내고 가장 좋아하는 사람과 일상 놀이를 하는 장소는 가정이라는 것입니다.

놀이가 일상인 하루, 아이가 가장 많은 시간을 보내는 사람은 부모님이었습니다.

크로노스가 시각과 시각 사이의 간격이라면 카이로스는 시각과 시각 사이의 추억이라고 말할 수 있어요. 부모님은 "시간이 없다." "그래 다음에 언제 가보자."라는 말로 크로노스 시간의 흐름에 쫓기는 동안, 아이들은 부모님과의 시간 속에서 놀이하고 재현하면서 기쁨과 슬픔, 추억과 느낌으로 자신의 존재를 인식하는 카이로스 시간을 쌓아갑니다.

시간에 대한 비슷하면서도 완전히 다른 인식과 시간의 가치! 함께 머무르는 시간은 짧지 않지만, 너무나 짧아 아무것도 할 수 없는 시간으로 여겼던 부모님의 시간. 부모님과 함께 놀이하는 시간은 짧지만, 자신의 존재를 인식하는 소중한 아이들의 시간.

무엇보다 아이가 가장 가깝게 대하는 사람은 부모입니다.
또한 아이가 가장 많은 시간을 보내는 사람도 부모입니다.
아이와 가장 많은 시간을 함께 보내는 사람은 부모입니다.

아이들에게 부모는 가장 가까우며, 부모는 과거에서 현재를 거쳐 미래로 향하는 일정한 시각 안에서의 연속된 시간과 특별한 의미가 담긴 시각을 아이들과 함께한다는 것을 잊어서는 안 됩니다. 아이들과 함께 하는 지금. 눈 깜박할 사이에 지나가는, 그리고 지나가면 절대 잡을 수 없는 지금 이 시간의 소중한 가치를 알아야 해요.

부모님은 모르고 아이는 느꼈던 소중한 시간!
아이와 가장 많은 시간을 함께 보내는 부모님!

부모님은 자녀와 시간을 어떻게 보내고 싶으십니까?
그 시간 아이들이 유아교육 기관에서 있었던 일을 실감 나게 재현하고 부모님께 바라봐 달라고 요청할 때 따뜻한 눈빛으로 바라보면서 들어주고 격려하는 의사소통과 상호작용을 해 주세요. 부모가 해야 할 중요한 일은 아이와 함께하는 시간에 놀이의 즐거움을 함께 느끼는 것입니다.

미션: 함께 있는 시간 놀이 참여하기

성장한 아들에게

작가 미상(중앙육아종합지원센터 부모교육 자료 중)

내 손은 하루 종일 바빴지
그래서 네가 함께하자고 부탁한 작은 놀이들을
함께할 만큼 시간이 많지 않았어

난 말했다
"조금 있다가 하자, 얘야."

밤마다 난 너에게 이불을 끌어당겨 주고,
네 기도를 들은 다음 불을 꺼주었다
그리고 발끝으로 걸어 조용히 문을 닫고 나왔지
난 언제나 좀 더 네 곁에 있고 싶었다

인생이 짧고 세월이 쏜살같이 흘러갔기 때문에
한 어린 소년은 너무도 빨리 커버렸지
그 아인 더 이상 내 곁에 있지 않으며
자신의 소중한 비밀을 내게 털어놓지도 않는다

그림책들은 치워져 있고
이젠 함께할 놀이도 없지
'잘 자'라는 입맞춤도 없고 기도를 들을 수도 없다
그 모든 것들은 어제의 세월 속에 묻혀버렸다

한때는 늘 바빴던 내 두 손

이제 아무것도 할 일이 없다

하루하루가 너무 길고

시간을 보낼만한 일도 많지 않지

다시 그때로 돌아가 네가 함께 놀아달라던

그 작은 놀이들을 할 수만 있다면

자녀는 부모의 거울이다

"여보 오늘은 일찍 와."

"응, 알았어."

어디서 많이 들어 본 소리지요?

'내가 한 말인데.'라고 하시는 분도 계시죠?

어린이집에서 매일 들려오는 정겨운 소리입니다.

"나는 엄마" "나는 아빠" "나는 아기 할 거야." 이렇게 배역이 정해

지면 마치 드라마를 보는 것 같은 상황이 펼쳐집니다.

"여보 아기 잘 돌봤어?"

여자 친구가 핸드백을 메고 들어서면서 말하고 남자 친구는 아기

인형을 눕혀 놓고 청소기를 잡더니 "응, 아기 자. 청소할게.""여보 고마워." 너무나 익숙하게 연출합니다.

앞치마를 두르고 요리하고 먹으라고 권하는 아이, 아기 인형을 업고 이리저리 돌아다니는 아이, 응애응애 하면서 기어 다니는 아이의 모습과 주고받는 말들이 자연스럽습니다.

아이들은 엄마, 아빠 놀이를 무척 좋아하고 즐깁니다. 그 모습은 너무나 사랑스럽고 재미있습니다. 각 가정의 모습이 연출되기 때문이지요. 엄마, 아빠의 말과 행동뿐만 아니라 정서적 감정까지 아이는 그대로 표현합니다. 아이들은 부모의 거울이라고 합니다. 아이들 모습이 곧 부모 모습이었던 것입니다.

"선생님, 우리 엄마는 빨간불에 그냥 막 가요."
"우리 아빠는 담배 피우면 안 되는데 담배 펴요."
안전교육을 할 때면 마치 아이들이 죄를 지은 듯이 엄마, 아빠를 걱정하며 여기저기서 이야기합니다. 부모님의 잘못된 습관과 의도하지 않는 일상이 아이들에게는 걱정과 혼란이 됩니다.

부모님, 자녀에게는 바르게 가르치고, 부모님은 편하신 대로 하지 않으셨나요? 따라쟁이 아이들은 보고 들으며 무조건 배운다는 것을 부모님은 아셨나요? 부모님은 아이들의 모델링입니다. 부모님이 이런 것을 놓치고 아이들만 야단치면 아이들은 혼란이 생겨요. 부모님 스스로 잘못된 습관과 행동이 무엇인지 돌아보고 꼭 개선하셔야 하겠지요.

부모를 보고 자라는 아이들.
부모를 통해 관계를 배우는 아이들.
부모의 모습을 보고 세상을 배우는 아이들입니다.

아이들의 사랑스러운 모습에 부모님의 모습이 묻어 있습니다. 이 제는 부모님이 아이들의 모습을 관찰하고 따라 해 보세요. 아이의 이 야기와 표정을 읽고 감정을 공감하면 아이는 부모님의 모습에서 자 신의 모습을 보고 즐거워하며 자존감을 느끼게 됩니다.

자녀는 부모의 거울, 부모는 자녀의 거울이 됩니다.
어느새 부모님과 자녀는 같은 행동, 같은 마음으로 공감과 공유 속 에 행복을 느끼게 될 거예요.

미션: 교통 규칙을 지키자

아이에게 최고의 교사는 부모다

"우리 엄마가 그랬는데요…"

"우리 아빠가 하지 말라고 했어요…"

"우리 엄마, 아빠한테 일러 줄 거야…"

우리 엄마가 그랬기에 뭐든지 맘대로 해도 된다는 아이.

힘들거나 싫으면 아빠가 하지 말라고 했다고 핑계 대는 아이.

친구와 갈등이나 다툼이 생기면 엄마 아빠에게 일러 준다는 아이.

아이의 든든한 백, 아이가 최고로 생각하는 사람은 부모님이었습니다. 언제나 내 편이고 힘도 센, 모든 것을 제공해 주고 해결해 주는 절대적 존재이지요.

아이 생활 속의 가장 좋은 선생님은 학교나 기관에 있는 것이 아니었습니다. 바로 가정에 있었습니다. 아이에게 든든한 최고의 선생님은 부모님이었어요. 그러기에 부모님은 소중한 아이의 가장 좋은 선생님이어야 합니다.

아이와 제일 먼저 상호작용하고 소통하는 사람은 누구일까요?

유리 브론펜브레너(Urie Bronfenbrenner) 박사는 인간을 둘러싼 다양한 사회적 환경을 미시체계, 중간체계, 외체계, 거시체계, 시간체계로 구분하였지요. 그중에서 미시체계는 대면 접촉을 통해 인간 발달에 직접적으로 영향을 주는 일차적 환경을 의미한다고 했어요. 미시체계는 말 그대로 의식하지 못하고 무조건 받아들이는 사회적 환경 요소인데 유아기에 가장 큰 영향을 미치는 미시체계는 가정환경이라고 했습니다.

아이가 제일 처음 맞이하고 가장 오래 함께하는 가정환경은 부모가 만들어 주기에 부모는 최초의 놀이 환경을 만들어 주는 '아이의 최초 교사이자, 최고의 교사'라고 할 수 있습니다.

아이는 부모가 제공한 가정에서부터 자신을 둘러싼 환경, 놀잇감, 활동을 통해 주변 세계를 탐색하며 활발히 지식을 구성해 가게 되지요. 이때 부모는 안전한 놀이 환경을 만들어 주고, 아이의 발달을 이해하는 상호작용을 해 주는 최고의 교사가 되어야 합니다.

"이거 내 거야. 내가 할 거야."

아이가 이렇게 스스로 무언가를 하려고 할 때, 스스로 못 하면서 고집부린다고 아이를 자주 야단치거나 대신해 주지 않으셨나요? 아이는 자기를 인식하게 되면 자기가 스스로 할 수 있는 주도성이 생기는데 이때 경험의 기회와 격려는 아이에게 폭발적인 성장을 가져온다는 걸 부모님은 놓치고 있어요. 고집을 부리는 것이 아니라 긍정적 자아를 인식하는 과정이며 주도성을 키우는 과정입니다. 이때 더디더라도 기다려 주고 기회를 주면 자조 능력이 생기고 자존감을 느끼게 되며, 자신감을 키워가게 됩니다.

"내가 부모로서 잘할 수 있을까?"
"내가 무언가 잘못하고 있는 건 아닌가?"

처음부터 알고 잘하는 사람은 아무도 없어요. 단, 부모의 의지에 따라 알아가는 것이 다를 수는 있지요. 부모는 '나는 최초의 교사이자, 최고의 교사야. 잘할 수 있다.'라는 각오로 모르면 배우려 하고, 부족하면 채우려 하고, 잘못한 것 같으면 방법과 대안을 찾으려고 노력하면 됩니다. 그러면 어느 순간 '내가 이리 힘든데 너도 힘들겠구나.'라고 자신과 아이를 이해하는 마음이 생기게 되고 아이와 함께 성장하는 작지만 확실한 행복으로 바뀌게 되지요.

부모님과 함께한 가정과 일상 경험의 즐거움 속에 아이들은 변화하고 성장하지요. 그러기에 부모님은 소중한 아이의 가장 좋은 선생님입니다.

"아이에게 최고의 교사는 부모님입니다."

미션: 나는 부모다. 나는 교사다. 복창하기

그런다고 했잖아

(중앙육아종합지원센터 부모교육 자료)

손에 물 한 방울 안 묻히게 해 준다고 했잖아
그런다고 했잖아
주말에 애는 자기가 본다고 했잖아
그런다고 했잖아
1년에 한 번씩 해외여행 시켜준다고 했잖아
그런다고 했잖아
집은 내 명의로 해 준다고 했잖아
그런다고 했잖아

장난감 사 준다고 했잖아
그런다고 했잖아
이따가 놀아 준다고 했잖아
그런다고 했잖아
아빠랑 안 싸운다고 했잖아
그런다고 했잖아
이제는 화 안 낸다고 했잖아
그런다고 했잖아

"자신있고 행복한 부모 되기"

나 자신도 잊지 마세요.

아이의 삶도 중요하지만 나 자신의 삶도 중요함을 잊지 마세요.

잠시 향긋한 차 마시기, 즐거운 취미 가지기와 같은 나만의 시간도 가져보세요.

부모가 행복해야 아이에게 한 번 더 웃어줄 수 있지 않을까요?

아이와 함께 한 순간들을 잊지 마세요.

아이가 자라는 동안 함께 했던 시간과 서로의 존재 자체를 소중히 여기세요.

아이가 처음 걸음마를 시작한 날….

'엄마, 아빠' 이름을 불러준 날…

삐뚤빼뚤 그림과 글씨 편지를 준 날…

이러한 과정을 함께 한 것으로도 부모라고 불릴 자격이 있으니까요.

배우자와 서로 칭찬하고 격려해 주세요.

누구에게나 찾아보면 장점이 있어요. 관점에 따라서는 단점이 장점이 되기도 하지요. 서로 잘하고 있는 일에 구체적으로 관심가지고 상대방에게 표현하고 격려해주세요. 작은 표현이 상대방에게는 큰 힘이 된답니다.

죄책감은 떨쳐 버리세요.

매체에서 보이는 만능 부모의 이미지는 현실적이지 않아요.

어느 누구도 모든 면에서 완벽한 부모는 없답니다.

무엇보다 중요한 것은 자녀와 함께 있는 시간이 즐거워야 해요.

그렇지 않는다면 아이도 부모도 만족하지 못한 채 죄책감만 느낄
수 있답니다.

가족과 주변 사람들에게 도움을 청하세요.

아이를 키우며 혼자 감당하기 힘든 일이 있을 수 있어요.

이럴 때 가족, 주변 사람들과 함께 마음을 나누고

서로 가능한 도움이 있다면 기꺼이 청하고 도움 받으세요.

누군가에게 도움을 청하고 받은 다는 것은 창피한 일이 아니랍니다.

(중앙육아종합지원센터 부모교육자료)

제 2 장

부모도 배우고
성장해야 하는 이유

자녀는 성장하지만 부모는 머물러있다

"원장 선생님 몇 살이에요?"

"00야, 너는 몇 살이야?"

"5살…."

"어머머, 나도 5살인데. 우리 똑같네."

"원장 선생님 몇 살이에요?"

"00야, 너는 몇 살이야?"

"6살 이예요."

"어머머, 나도 6살인데. 우리 친구다. 그치?"

"원장 선생님 몇 살이에요?"

"00야, 너는 몇 살이야?"

"7살인데요."

"어머머, 나도 7살인데."

"아니잖아요. 진짜 몇 살이에요?"

"진짜야. 원장 선생님 나이는 변신해. 원장 선생님은 함께 놀이하는 친구랑 나이가 항상 같아지거든."

아이들과 놀이하다 보면 자주 받는 질문과 대답입니다.

"엄마, 원장 선생님 나이 몇 살인 줄 알아?"

"원장 선생님 나이는 나랑 같다."

아이가 집에 가서 엄마한테 이야기하며 나이가 같다고 무척 좋아했다고 합니다. 같은 나이끼리 공감하며 깔깔 웃을 일이 있고, 같이하고 싶은 놀이가 있고, 서로 통하는 그 무엇이 있기에 기쁨과 즐거움이 두 배가 되지요. 이렇게 함께 놀이하는 아이에 따라 4살, 5살, 6살, 7살로 나이가 수시로 변신하며 매일 다양한 친구들을 만납니다. 아이들의 연령에 따라 상호작용하면서 도움을 주고 함께 성장하는 이 일이 너무나 즐겁고 행복합니다.

현재 부모님은 몇 살입니까?

아이는 성장하고 있는데 부모님은 과거에 머물러 있지 않나요?

남편과 연애하고 결혼식을 했을 때.

처음 임신하고 아이를 낳았을 때.

아이가 첫발을 내딛고 걸음을 걸었을 때.

처음 엄마라고 불렀을 때.

엄마를 처음 그렸을 때.

아이가 자기 이름을 처음 썼을 때.

이처럼 처음 경험한 것을 기억하며 과거에 있는 부모님이 참 많습니다. 나이는 성장하고 있는 것을 뜻하기도 합니다. 아이는 나이에 따라 성장하는데 부모님은 과거의 경험에만 머물러 있으면 아이들의 새로운 경험과 성장을 도울 수 없어요. 아이와 동행하며 부모님도 성장하여야 아이의 성장을 도울 수 있습니다.

아이들은 태어나서 온 힘을 들여 뒤집기에 성공합니다. 팔에 힘을 키워가며 기기 시작하는가 싶으면 초고속으로 기다가 잡고 서지요. 서서 보는 세상은 눕거나 앉아서 보는 것과는 또 다른 세상이라는 것을 인지합니다. 자유롭게 걷게 되면서부터는 신비의 세계로 무조건 전진합니다. 그 이후는 자기를 인식하게 되면서 주변과 상호작용하고 경험하며 폭풍 성장을 하지요. 아이의 이러한 변화는 부모님에게 또 다른 삶의 존재 이유로 자리 잡게 되기도 합니다. 오직 하나 아이가 잘 자라길 바라면서 돈을 벌고 쓰고, 남들보다 좋은 것을 입혀 주고, 먹여 주고, 사 주고 싶은 부모로 말입니다. 아이의 성장과 미래를 위해서 최선의 노력을 하지요.

"개구쟁이여도 좋다. 건강하게만 자라다오."
처음 아이를 맞이할 때 부모님의 바람은 참 소박했지요. 그러나 부모님은 아이들이 표현하고 성장하면서 욕심을 부리기 시작합니다.

'똑똑한 우리아이, 잘 키워야 해.'라는 책임감과 의지를 다지면서 비교와 질책 속에 수많은 가르침을 하려고합니다.

예의 바르게 해라.
나쁜 말 하면 안 된다.
친구와 사이좋게 지내야 한다.
부모님 말씀 잘 들어야 한다.
일찍 자고 일찍 일어나야 한다.
약속을 잘 지켜야 한다.
책을 많이 읽어야 한다.
휴대폰은 보지 않아야 한다.

이런 부모님의 말씀을 들으면서 자라던 아이가 어느 날 갑자기 "엄마는 안 하면서…" "아빠는 왜 말로만 해." "엄마, 아빠도 모르면서." 라고 합니다.

가슴이 철렁 내려앉지요. 가만히 떠올려 보세요. 아이들이 어떤 때 이런 말을 했는지, 부모님은 실천하지 않으면서 아이들에게만 요구하지 않았는지, 끊임없이 아이에게 가르치려 하면서 부모는 무엇을 배우고 실천했는지?

아이들은 보고 듣고 경험하면서 성장하고 있습니다. 그러나 부모는 부모 권리에 머물러 있습니다. 어른의 잣대로 바라보면서 아이에게 요구하고 자신의 욕망과 희망을 대신해 줄 것을 바라는 부모가 아니라, 부모도 아이의 발달을 이해하고 개별성을 인정하고 놀이를 공감하며 아이와 동반 성장해야 합니다. 부모님은 가르치려고 하지 말고 아이와 함께 즐기고, 배우고, 익히고, 실행해야 한다는 것을 꼭 기억하세요. 부모님의 과거와 나이에 머물러 있지 말고, 아이와 함께 성장하기로 해요.

아이의 행복한 성장은 부모의 성장과 함께 있습니다. 아이와 공감하고 함께 실천하면 동반 성장이 이루어집니다. 부모의 역할은 아이의 성장에 따라 부모님도 성장하는 것입니다.

미션: 가르치려 하지 말고 함께 실천하기

죄송합니다. 부모가 처음이라서

~~~~~~~~~~~~~~~~~~~~~~~~~~~~~~~~

"부모 자격증 따신 분 손들어 보세요."

부모교육을 진행할 때 부모님께 물어보면, 기웃기웃 여기저기 살피다가 피식 웃는 분들이 많지요. 그리고는 고개를 갸웃거립니다.

"도대체 왜 묻지?"라는 표정으로 말입니다.

"어머니, 자격증 많으시죠. 몇 개 있어요?"

대부분 운전면허증을 기본으로 시작해 3개에서 5개 이상을 가지고 있으시더군요. 자격증의 시대를 실감하며 부모님께 다시 묻습니다.

"어머니 운전하시죠? 운전은 차가 있다고 할 수 있나요? 무엇이 있어야 하지요?"

"면허증이 있어야지요."

그렇습니다. 운전은 차가 있으면 하는 것이 아니라 면허증이 있어야

제2017-01호

부 모 자 격 증

(심화과정)

이름 : 박진섭, 권경난

부모가 된 날 : 2012. 4. 21

부모로서의 좌우명 : 건강한 자존감을 가진 긍정적이고 밝은 아이로 키우자.

위 사람은 부모로서 아이의 눈높이는 맞추지 않고
늘 성급하며 인내심이 부족함과 같은
단점을 보완하기 위하여
기다려주기, 아이의 감정 이해하기
의 노력을 기울였으므로
박예린이의 부모가 될
자격이 있기에 본 증서를 수여함.

2017년 12월 18일

아롱다롱어린이집원장 안 양 숙

제2018-08호

부 모 자 격 증

이름 : 전 재 준

위 사람은 아롱다롱어린이집에서 주관하는
부모 육아 교육과정 아빠교육 프로그램에
3회차 모두 수료하여 자녀와 함께
행복한 동반성장을 한걸음 더 하였으므로
이 증서를 수여 합니다.

2018년 11월 12일

아롱다롱어린이집원장 안 양 숙

합니다. 면허증이 있어야 시동을 걸 수 있는 자격이 생기는 것이지요.

"어머니, 부모 자격증은 취득하셨나요?"

자격증 취득에 당당했던 어머니들께서 조용해집니다. 자녀의 출생과 동시에 부모가 되었기 때문이지요. 그러나 정작 '부모 자격증'이라는 말에 가슴이 턱 막힙니다.

대부분 부모는 육아에 대해 배운 적도 없고, 준비되지 않은 상황에서 아이를 낳으면서 부모가 되었지요. 어느 누구도 부모 자격증 여부를 거론하지 않았던 것입니다. 지금도 많은 부모가 육아에 대해 배운 적 없이 부모가 되어 아이를 낳고 키우면서 불안 속에 끊임없이 좌충우돌하고 있어요. 운전 면허증이 있어야 운전하고, 의사면허가 있어야 진료하고 처방하듯이, 부모도 부모 자격을 받고 아이를 낳아 키워야 하지 않을까 생각합니다.

부모는 아이가 행복한 일생을 살아가는 데 가장 큰 영향을 미치는 사람입니다. 특히 영·유아기에 이루어지는 부모와 자녀와의 관계는 아이 성장에 강력한 영향력을 미치며 일생에 걸쳐 오래 지속되지요. 이런 가장 중요한 시기를 담당하게 되는 부모님이 무면허자로 있어서는 안 되기에, 저는 부모교육으로 '부모 됨'이라는 프로그램을 구성하였습니다. 이전까지와는 다른 새로운 가치와 태도를 인식시키고 실행 미션을 제시하여 이를 완수하면 부모 자격증을 발급해야겠다고 다짐했습니다. 부모가 되었다고 부모의 역할을 저절로 하게 되는 것이 아니기 때문이었습니다.

"부모 자격증, 꼭 필요하죠?"
"소중한 자녀를 위해 우리 함께 노력해서 자격증을 취득합시다."
"국가에서 발급하지 않은 부모 자격증 원에서 드리겠습니다."
2015년부터 '부모와 자녀의 동반성장 프로젝트'라는 부모교육 프로그램을 시리즈로 구성하여 진행하면서 이때부터 국가에서 발급하지 않은 부모 자격증을 원에서 발급했답니다. 매월 다른 주제와 덕목으로 집합 교육을 듣고 실습한 후 가정에서 미션을 실행하고 한 달간 미션 체크 리스트로 기록하여 제출하고, 평가와 피드백을 주고받으며 끊임없이 부모님과 소통하였답니다. 그 결과 첫해 집합 부모교육 5회

미만 참여한 63분께 '부모교육 이수증'을, 5회 전회 참석하신 24분께는 '부모 자격증'을 발급하고 수여했답니다. '부모와 자녀의 동반성장 프로젝트' 부모교육 프로그램은 현재도 구체적이고 체계적으로 꾸준히 진행되고 있습니다.

저는 유아교육을 전공하고 유아교육 현장에서 5년 정도 근무했을 즈음에 부모 됨을 계획하고 준비한 후 출산을 했어요. 사랑하는 사람과 똑 닮은 아이의 탄생은 환희였고 행복이었습니다. 밤마다 행복에 대한 감사 기도를 하고 잠을 잤을 정도였지요.

그러나 아이가 성장하면서 예상치 못한 상황은 너무나 많았습니다.

"죄송합니다. 부모가 처음이라⋯"

가슴 졸이고 아이와 함께 울고 밤을 꼴딱 새운 날들. 나의 계획과 틀 속에서 아이를 바라보고 제공한 환경. 아이의 변화에 갈팡질팡하면서 후회로 얼룩진 시간. 저의 무지함과 아집으로 인한 비교와 집착은 부부의 잦은 다툼이 되기도 했지요. 유아교육 현장에 있었던 저도 부모는 처음이라서 당황스러웠습니다. 부모로서 맞이하는 모든 순간이 처음이므로 조심스러움 속에 실수와 후회가 자꾸 쌓이게 되었지요. 먼저 결혼한 언니들과 친정엄마를 동원하면서도 발을 동동 구르며 눈물 흘렸던 많은 시간을 잊을 수 없습니다.

부모가 된다는 것! 혼자서는 할 수 없다는 것, 지식뿐만 아니라 지혜가 필요하다는 것을 시간이 흐른 후에야 느낄 수 있었지요. 사랑 가득 담긴 마음으로 지식과 지혜를 겸손한 자세로 배우고 익혀야 한다는 것을 깨달았습니다. 저는 첫째 아이를 키우면서 부모의 역할을 제대로 하려면 우선 아이의 발달 이해와 행동 특성을 알고 배워야 진짜 부모가 될 수 있다는 것과 처음이기에 더욱 신중해야 하고 책임감 있게 해야 한다는 강한 신념을 갖게 되었어요.

그래서 첫아이가 4살이 되던 해부터 학부모 대상으로 부모교육을 시작했습니다. 아이와 부모가 함께 성장해야 한다는 것을 누구보다 간절히 느꼈고, 나와 같이 처음 부모가 된 학부모님들께 도움을 드리고 협력해야 한다는 소명을 가지게 되었지요. 소중한 아이와 부모를 위해서요.

처음에는 대그룹 강연식으로 했으나 차츰 소그룹 간담회식, 토론 형식, 참여 활동 형태로 다양하게 진행했어요. 그리고 꾸준하게 진행했습니다. 시대는 변했지만 제가 맞이하는 아이는 변함없이 영유아들이었고, 부모는 언제나 20대, 30대로 부모가 처음이거나 부모교육을 받지 않으셨던 분들이었습니다.

처음 부모가 된 학부모님들은 기쁨과 환희도 잠깐, 육아의 일상은 예측할 수 없고 가슴 철렁하는 상황이 너무 많아 수시로 눈물을 흘리게 됩니다. 이때 시대를 막론하고 옆집이나 자녀 또래 부모끼리 서로 멘토, 멘티가 되어 육아에 대한 스트레스와 어려움을 공감하며 위로를 받고 있지요. 알고 보면 모두가 초보인데 말입니다. 원인과 이유를 인지하지 못하기에 정확한 정보와 해결 방법을 모르고 갈팡질팡하면서 어려움을 반복적으로 토로하고 있지요.

아이와 관련된 정보들은 너무 많아 보고 듣고 인식은 합니다. 그러나 현실에 적용하지 못하고 노력을 해도 안 된다는 말을 하며 위로받으려 하지요. 아이는 자라지만 성장은 저절로 이루어지지 않습니다. 더욱이 부모가 바라기만 하는 대로 행동하며 성장하지는 않지요. 좋은 부모는 아이가 갈 길을 반듯하게 다져 주는 것이 아니라, 어떤 길을 만나도 잘 걸어갈 수 있도록 힘을 길러 주는 것이라고 합니다.

아이들도 하나의 성장 과업을 수행하기까지는 무수한 실패의 경험을 반복합니다. 목을 가누기 위해 수없이 목을 떨구어야 했고, 걷기 위해서 뒤집기, 기고 잡고 서기, 발을 떼어 움직이기를 무한 반복하며 수없이 넘어지고 구르고 뒹굴기를 했습니다. 아이처럼 부모님도 좌절하지 말고 될 때까지 멈추지 않으면, 배우고 익힌 지식이 삶에 적용되는 지혜로 쌓이게 됩니다. 부모로서 자격을 갖추는 것은 아이처럼 부모 성장 과업을 수행하기까지 무수한 실패의 경험을 반복해야 합니다. 절대 포기하면 안 돼요. 아이들의 성장을 위해 매일 빠뜨리지 않고 해내야 진정한 부모가 되어가는 것입니다.

"원장님 교육받으면 실천을 다짐하는데, 집에 가서 이삼일 지나면 참을 수 없는 화가 치밀어 다시 돌아가게 되요."

맞습니다. 그렇게 됩니다. 그래서 작심삼일이라는 말은 누구에게나 해당하는 말이지요. 하지만 '삼일 실행'을 또다시 '삼일만 실행해 보자.'로 7번 반복 실행하면 자신도 모르게 생각이 행동이 되고 행동이 습관으로 바뀌게 되는 신비로운 힘이 생깁니다. 행동 심리 연구자에 의하면 행동을 습관으로 바뀌게 하는 데 21일이면 된다고 하니까요. 육아에서 후회하지 않는 방법은 매일 부모로서 해야 할 일을 실천하는 것입니다. 실천의 문제는 대체로 무엇을 해야 하는지 모르는 데 있는 것이 아니라 행동으로 하지 않는 데 있다고 합니다.

"아이의 미래를 바꾸는 가장 큰 힘은 부모님의 실천력입니다."
"아이로 인해 부모가 처음 되었습니다…"
"아이에게도 부모님이 처음이었습니다."

미션: 나는 초보 엄마다. 해야 할 것을 행동으로 실천하고 반복하자

부모의 성장이 아이의 성장을 돕는다

부모가 된다는 것은 힘들고 어렵기만 한 일일까요?

자신 있고 행복한 부모가 될 수는 없을까요?

"어머니, 우리 아이들이 어떻게 자랐으면 좋겠어요?"

"자신감 있고 친구들과 잘 어울렸으면 좋겠어요."

"어머니는 어떻게 지내고 있으신가요?"

"저야 뭐…?"

많은 부모님들이 말을 잇지 못합니다. 자신을 생각해 본 적이 언제였냐는 표정입니다. 언제부턴가 휴대폰은 자녀의 사진으로 가득 차 있고, 집에는 아이들의 놀잇감과 물건, 책으로 가득합니다. 쇼핑을 가도 남편 옷과 아이들의 옷이 눈에 띄고 손이 가지요. 호칭도 00엄마,

OO아내, OO며느리로 변했습니다.

자신이 되고 싶은 것, 하고 싶은 것, 먹고 싶은 것보다 아이가 원하는 것과 아이를 위하는 것이 우선이 되면서 자연스럽게 '나' 아닌 삶이 되진 않으셨나요? 그러다 보면 문득문득 '나는 뭐지?'라는 생각이 들면서 가족의 사소한 행동과 말에도 크게 상처를 받습니다.

"누구십니까?"라고 물으면 "OO 엄마예요."라고 대답하고 선뜻 자신의 이름을 말하는 사람이 드뭅니다. 자녀와 가족에게 최선을 다한 어머니들은 가족과 자녀에게 대리만족을 찾으려는 연약한 사람이 되어 가고 있기에 나약한 자신의 모습을 드러냅니다.

한글 놀이에서 자음과 모음의 합성어 '나' 글자를 익힐 때 아이들에게 말합니다.
"'니은'하고 '아'만나면 어떤 소리 날까요?"
"나, 나, 나나나, 나나나나 ~나. ~~~예."
"이 세상에서 가장 소중한 사람은 누~구?"
"나"
"엄마 아빠가 제일 사랑하는 사람은 누~구?"
"나"
"선생님이 세상에서 최고로 좋아하는 사람은 누~구?"
"나"

아이들은 저마다 자신을 가리키며 환한 미소로 '나'를 외칩니다. 이 때 아이들은 글자를 아는 것과 자신의 존재를 확인하며 더욱 즐겁고 행복해합니다.

이처럼 아이들도 자신의 긍정적 존재를 인식하고 확인하면서 더 행복하게 성장하듯이, 부모님도 자신의 가치와 존재에 긍정적 인식이 우선 되어야 합니다. 이것을 바탕으로 자존감을 갖고 스스로 판단하고 결정하는 '나다운 삶'과 '부모로서 성장'이 이루어집니다.

육아를 한다는 건 단순히 아이를 키운다는 의미가 아닙니다. 부모가 자기 정체성을 찾아가는 과정이라고 할 수 있어요. 세상의 모든 부모는 자녀가 잘 성장하기를 바라지만, 정작 자신은 잘 성장해야 한다고 생각하지 못하고 있어요. 아이들이 잘 자라길 바란다면, 부모도 잘 성장해야 합니다. 부모가 성장하면 아이도 성장합니다. 부모의 성장이 아이의 성장을 돕습니다.

'끈기 있게 하는 일이 쉬워지는 것은, 일이 쉬워지기 때문이 아니라 일을 할 수 있는 능력이 향상되었기 때문이다.'라고 랄프 왈도 에머슨이 말했지요. 게으름, 나태, 권태, 짜증, 우울, 분노는 모두 체력이 버티지 못해 정신이 몸의 지배를 받아 나타나는 증상이라고 합니다. 정신이 몸이고, 몸이 곧 당신입니다. 자신의 몸과 마음을 바라볼 수 있을 때, 잘 돌볼 때 자신의 능력이 향상되고 성장이 이루어집니다.

"부모의 성장이 아이의 성장을 돕습니다."

　자신에게 관심을 기울이며 나는 누구인지? 나는 지금까지 어떻게 살아왔는지? 무엇에 행복해하는 사람인지? 나는 남과 어떻게 다른지? 자신을 알아차리고 자신의 감각을 찾고 성장해야 합니다. 성장은 아이에게만 있는 것이 아니에요. 부모라는 역할을 막 시작하면서 부모로도 자라는 중이랍니다. 부모도 자신의 장점을 칭찬하고 강점 역량을 키워 '자신감 단단한 건강한 나'로 성장하시길 바랍니다.

미션: 나를 바라보고 알아차리기

부모의 자존감은 아이를 단단하게 한다

"안양숙, 참 예쁘다. 안양숙, 참 소중한 사람이야."

저는 매일 아침, 저녁 세수하고 거울을 바라볼 때마다 소리를 내어 저에게 들리게 말합니다. 이런 제 모습을 보고 가족들은 아무도 이상 하다고 생각하지 않습니다.

왜냐하면, 오래전부터 들어왔던 소리라 익숙해진 것이지요. 물론 처음에는 웃으며 '어머 왜 저러지?'라는 표정을 지었겠지만, 언제부 턴가 "오늘은 더 예쁜데"라며 응원합니다.

인간은 자신이 소중한 존재라는 것을 느낄 때 용기가 생겨요. 스스 로 가치 있는 사람이라고 생각하면 타인의 평가에 흔들리지 않고 스 스로 단단해진다고 합니다. 나의 반복적인 말과 행동이 습관을 만들었고, 습관은 나의 자존감을 다지고 용기를 갖게 해 주었습니다. 그 힘은 나의 마르지 않는 에너지와 열정의 근원이 되었어요. 분명한 것은 나의 이런 마법 주문은 나의 삶뿐만 아니라 가족에게도 영향을 미쳤습니다. 어릴 때부터 엄마의 주문을 듣고 본 딸과 아들들도 긍정적입니다. 도전과 실패를 두려워하지 않지요. 그리고 하고자 하는 목표를 이루어요.

막내아들이 초등학교 3학년 때 학력평가 성적표를 처음으로 받아와서 자랑하듯 내놓았습니다. 시험이나 평가라는 것이 없다가 처음으로 받은 것이라 무척 기분이 좋았나 봅니다.

"와, 엄마에게 제일 먼저 보여 주고 싶었구나. 고마워."

성적에 상관없이 너무나 좋아하는 아들에게 "00가 기분이 좋으니 엄마도 기분이 좋다."라고 이야기하니 아들은 더 기뻐했습니다. 마치 상을 받아 온 것처럼. 그러더니 평가표에 첫 줄과 둘째 줄에 서로 다른 숫자를 보고 왜 다르냐고 물었습니다. 긍정적이고 순수한 아들에게 같은 학년 친구들의 평균 점수와 아들의 점수를 알려주었지요.

"엄마, 그럼 나 불합격이에요?" 시무룩해진 아들이 물었어요.

"불합격? 평균 점수가 안 되었으니 그렇다고 할 수도 있겠네. 그럼 평균 점수보다 높아지면 합격이 되는 건가?" 진지한 아들의 모습에 미소를 지으며 말했었지요.

몇 달 지난 어느 날.

"엄마, 엄마 나 합격했어요. 합격했어요." 들뜬 목소리로 크게 외치며 신발이 날아갈 정도로 급하게 들어왔습니다. 준비하던 컴퓨터 실기 시험 합격했는가보다 했는데 학력평가에서 평균 점수를 넘었던 것이었습니다.

"우와! 그래 합격이다. 합격. 축하해!" 아들의 기분에 맞춰 서로 안고 빙글빙글 돌았었지요.

그 후 아들은 수학 경시부에 들어가겠다고 했습니다.

"아들이 하고 싶으면 도전해 보면 되지. 시험이 엄청 어렵다고 하던데"

아들은 스스로 도전하여 2번의 불합격에도 포기하지 않았어요. 3번째 도전에서 합격하여 수학 경시부에 들어갔으며 수학공부를 아주 좋아하게 되었답니다. 엄마와 선생님의 격려와 사랑을 받으며 '소중한 존재'라는 것을 느낀 아들은 자존감을 갖게 되었고, 스스로 도전과 실패를 경험하면서 '나는 할 수 있다.'라는 자신감으로 모든 활동에 더 적극적인 아이가 되었습니다. 매일 실행한 나의 마법 주문은 나뿐만 아니라 아이들에게도 자존감과 자신감을 단단하게 했던 것입니다.

자존감이 높은 부모는 아이와 자신을 분리할 수 있는 내적 자아가 단단하여 감정적이지 않고 아이들에게 온정적이고 수용적인 양육 태도를 갖게 된다고 합니다. 아이의 감정을 읽어 주고 격려하면서 보다 효과적인 방법으로 소통하고, 갈등 상황에서도 묻고 기다려주며, 내안을 찾도록 도와주고, 아이의 모습도 객관적으로 수용할 수 있게 되지요. 자녀에게 긍정적인 영향을 주는 부모님의 건강한 자존감이 필요합니다.

세상에서 가장 소중한 사람은?
한 글자로 '나'
두 글자로 '또 나'
세 글자로 '바로 나'
네 글자로 '그래도 나'
다섯 글자로 '다시 봐도 나'

"부모의 자존감은 아이를 단단하게 합니다."

미션: 'OOO, 나는 소중한 사람이다.' 거울 보고 매일 외치기

4차 산업혁명 시대의 동행자다

아직도 생생합니다. 2016년 인공지능 알파고와 인간 이세돌의 바둑대결!

막연히 사회 구조가 달라지고, 문명이 바뀌고, 세대가 빠르게 변화하고 있다고 느꼈던 많은 사람들은 인공지능으로 인해 충격과 두려움에 빠졌었지요. 그 이후 산업혁명 시대를 실감하게 되었고, 지금 우리는 정보통신기술(ICT)의 융합으로 '초연결, 초지능, 초융합'이루어지는 4차 산업혁명의 시대에 살고 있습니다.

우리 아이들이 살아가는 미래 사회는 어떨까?

우리 아이는 미래에 어떤 모습으로 살까?

부모는 어떤 역할을 해야 할까?

4차 산업혁명 시대는 인공지능(AI), 사물인터넷(IOT), 로봇기술, 드론, 자율주행차, 가상현실(VR)등이 주도하는 차세대 산업혁명을 말합니다. 스마트폰의 등장과 정보통신기술(ICT)의 발달은 빠른 변화를 가져왔지요. 가정에서도 사람의 음성을 인식하는 인공지능 스피커의 가전제품들이 다양해지고 생활화되었고, 옷이나 시계, 안경처럼 우리의 몸에 자유롭게 착용하는 웨어러블 융합 컴퓨팅 기술과 비대면의 소셜 네트워크 확대, 빅 데이터 공유 등의 형태로 이미 우리 생활 속 곳곳 깊숙이 들어와 있습니다. 가정뿐만 아니라 다양한 기관과 장소에 맞는 인공지능 시스템과 제품들이 개발되었으니 혁명이라고 할 수 있지요. 그 변화의 속도는 매우 빠르고 영역은 아주 넓어졌습니다. 우리가 어렸을 때 그렸던 상상화나 영화로 보았던 미래 세상이 현실에서 펼쳐지고 있습니다. 지금은 미래의 세계에 대한 기대와 두려움이 공존하면서 더 빠르게 변하고 있음을 모든 사람이 인지하고 있어요.

저는 매년 출간되는 미래 보고서와 트렌드를 읽으며 다양한 삶을 느끼고 만나며, 저와 타인을 위한 다양한 가능성을 확장하기 위해 노력합니다. 스마트폰이 가장 중요한 존재가 되고, 온택트로 세상과 연결되고, 디지털 트랜스포메이션으로 다변화하는 이 시대에 '미래를 꿈꾸며 맞이할 별님들을 위해 어떤 것을 해야 할까? 지금 우리가 할 수 있는 것은 무엇일까? 무엇이 가장 중요할까?'를 고민합니다.

요즈음 어느 곳을 가든지 너도 나도 최애 소장품인 듯이 손에 스마트폰을 들고 있습니다. 특히 제 눈에는 부모와 동행한 아이들이 휴대폰에 초집중한 모습이 많이 보이지요. 가만히 관찰하면 저마다의 동기와 이유가 있습니다만, 유아교육 전문가로서 바라볼 때 안타까움을 내려놓을 수가 없습니다. 작년 봄에 본 충격적인 모습은 지워지지 않아요.

회의를 마치고 야외 커피숍에 갔을 때 제일 먼저 눈에 들어 온 것은 6개월쯤 되어 보이는 아기와 젊은 부부였어요. 유모차에 누워있는 아기를 바라보며 이야기를 나누는 모습이 참 따뜻해 보였기 때문이지요. 잠시 후 아빠가 아기를 안고 엄마는 조심스럽고 정성스럽게 분유를 타고 있었어요. 그런데 벤치에 앉아 우유를 먹이는 부부의 모습은 충격이었습니다. 아빠의 한 손은 아기를 받쳐 안고 다른 손으로는 아이스커피를 들었다 놓았다 반복하고 있었어요. 엄마는 아빠가 안고 있는 아기에게 한 손으로 젖병을 들어 물리고, 다른 손으로는 스마트폰을 아기 시선에 맞추려고 고개를 돌리는 방향에 따라 이리저리 옮기고 있는 것이었어요.

아… 이건 아닌데…
생후 1년, 감각 운동기의 이 시기는 모든 것을 감각으로 느끼고 몸으로 기억하며 세상을 알아가는 때이고, 이때 청각과 후각이 민감해서 부모를 목소리와 냄새로 구별하는데…
부모의 따뜻한 품에 안겨 부모의 냄새를 맡고 목소리를 듣고 눈을 보며 소통해야 할 중요한 시기에, 스마트폰의 기계음과 자극적인 빠른 화면 바뀜을 아기의 시선과 맞추려 하다니요? 이 시기, 아기에게는 부모의 따뜻한 품, 눈 맞춤, 상호작용이 절대적으로 필요하고 중요합니다.

"00야, 밖에 나오니 참 따뜻하지? 햇볕이 따뜻해."
"엄마, 아빠도 나오니까 참 좋아."
"배고프지? 맘마 먹을까? 조금만 기다려."
"여보, 분유를 탈 때 내가 00 안고 있을게."
"그래, 우유를 먹일 때는 내가 안고 먹일게."
"꿀꺽꿀꺽 잘 먹네, 무엇을 보니? 엄마 아빠를 보는구나."

따뜻하게 안고 수유를 하면서도 이렇게 나누어야 할 이야기들이 많습니다. 특히 청각은 엄마 배 속에 있을 때부터 발달하기에 이때 아기에 대한 마음이나 부부간의 이야기를 들려주는 것은 심리적 안정을 찾게 하지요. 아이에게 매 순간마다 감각을 통한 자극과 반응의 상호작용을 하면 아기는 정서적, 심리적으로 편안함을 느끼고 부모와 안정된 애착을 형성하게 됩니다.

스마트폰이 아니라 부모와 눈을 맞추어야 합니다. 아기와 마주 보며 함께 자연을 느끼고 표현하며 소통해야 합니다. 기계가 흉내 낼 수 없고 대신할 수 없는 부모님의 사랑과 따뜻한 마음을 나누어야 해요.

스마트폰이 나쁘다는 것은 아닙니다. 되도록 더 늦게 경험하게 하는 것이 좋습니다. 특히 영,유아기의 아이들에게는 스마트폰 노출을 자제하고 제공하지 않아야 합니다. 최재붕 교수는 스마트폰을 자유자재로 사용하는 신인류, 포노사피엔스가 문명의 급격한 변화를 이끌고 혁명시대에 중요한 역할을 하고 그 영향력은 엄청 날 것이라고 했습니다. 그러나 "달라진 문명 속에서도 여전히 사람이 답이다!"라는 최재붕 교수의 말과 "트렌드를 변화시키는 원동력으로 기술·경제·인구·문화 등을 들지만, 가장 중요한 것은 '사람'의 문제다."라고 한 김난도 교수. "4차 산업혁명 시대, 힘의 원천은 바로 사람입니다!"라는 어느 작가의 글과 말들은 제 마음에 울림으로 남아 머리에 맴돕니다.

'맞아 모든 변화는 사람이 만들었어. 사람의 힘이야. 사람을 위한 사람의 생각과 사람의 의지였어.'

그렇습니다. 사람입니다. 미래 시대의 자본은 인간만이 가지고 있는 선한 마음 '인성'이라는 울림이었습니다. 인성이 바르고 단단한 사람은 AI와 경쟁하는 것이 아니라 창조적 능력으로 시대의 변화를 이끌며 변화를 누리게 될 것이라는 희망을 품고 있습니다.

많은 학자들은 미래 사회 우리 아이들에게 필요한 핵심 역량은 '타인과의 상호작용을 통해 감정을 읽어내는 창조적 능력과 인간관계를 연결하고 새로운 문제를 제기할 수 있는 인간만이 가진 능력'이라고 했습니다.

이들은 학습과 지식에 앞서 외부 환경에 주눅 들지 않는 자존감, 시대의 흐름에 공감할 수 있는 공감 능력, 미개척 분야에 자신감 있게 뛰어들 수 있는 도전 정신으로 '인간 고유의 능력'을 키워야 새로운 시대를 이끌 수 있다고 말했습니다.

"창조적 능력! 인간만이 가진 능력! 인간 고유의 능력!"

이것이 바로 미래 사회 우리 아이들에게 필요한 핵심 역량이라는 것에 한 치의 의심도 없습니다. 그러나 창조적 능력, 인간만이 가진 능력이 좋은 인성을 바탕으로 발휘될 때 선한 영향력을 미치게 됩니다. 인성은 사람 고유의 능력이며 사람 됨됨이입니다. 저는 유아교육 현장에 있으면서 미래 사회의 우리 아이들에게 가장 기본이자 우선이 되어야 할 인성은 부모님이 자녀에게 물려줄 소중한 유산이라고 강조하였습니다.

2015년부터는 육아 종합 지원센터의 자료를 활용하여 가정과 연계한 인성 활동을 부모교육 프로그램으로 계획했어요. 부모는 4차 산업혁명 시대 자녀의 동행자이기에 더 이상 머뭇거릴 수 없었습니다.

'외부 환경에 주눅 들지 않는 자존감 있는 부모 되기, 아이의 기쁨과 아픔에 공감할 수 있는 공감 능력을 키우며 소통하기, 마음이 따뜻한 아이로 키우기, 더불어 사는 아이로 키우기, 기본이 바른 아이로 키우기'로 세분화하였고 지식을 지혜로 바꾸기 위해 구체적인 미션과 사례 발표를 하면서 '인성'을 핵심 키워드로 부모교육 프로그램을 구체적이고 체계적으로 진행했어요. 저와 마음이 통했는지 부모님이 필요성을 알고 간절한 마음으로 꾸준히 참여했기에 변하기 시작했고, 부모의 변화는 아이의 변화를 가져왔어요. 일상에서 변화의 즐거움을 느끼며 우리는 인간 고유의 능력을 단단히 키워 가는 데 더욱 협력하고 노력했습니다. 인간 고유의 능력, 단단한 인성으로 부모와 자녀는 4차 혁명 시대에 동행자가 되어야 한다는 신념으로요.

미션: 아이와 놀이 할 때 스마트폰 꺼두기

부모 인성 교육 1회기 "자신 있는 부모 되기" 미션 체크리스트

🙌 아이와 소통하기 부모님 미션 체크리스트

부모님성함 :   실행하였을 경우 ○, 실행하지 못했을 경우 ✗해 주세요.   (1개월간)

내 용																										

☆ 나를 찾는 사색 시간 가지기. (부모 마음의 중심을 세우기.)

8/26	8/27	8/28	8/29	8/30	8/31	9/1	9/2	9/3	9/4	9/5	9/6	9/7	9/8	9/9	9/10	9/11	9/12	9/13	9/14	9/15	9/16	9/17	9/18	9/19	9/20	9/21

☆ 감사편지(문장) 쓰기. (구체적 내용과 대상 , 미고사대!!!)

8/26	8/27	8/28	8/29	8/30	8/31	9/1	9/2	9/3	9/4	9/5	9/6	9/7	9/8	9/9	9/10	9/11	9/12	9/13	9/14	9/15	9/16	9/17	9/18	9/19	9/20	9/21

☆ 매일 한번이상 눈을 마주치고 아이의 말 경청하기. (아이의 말을 따라 해주면서 대화를 이어가 보세요.)

8/26	8/27	8/28	8/29	8/30	8/31	9/1	9/2	9/3	9/4	9/5	9/6	9/7	9/8	9/9	9/10	9/11	9/12	9/13	9/14	9/15	9/16	9/17	9/18	9/19	9/20	9/21

☆ 하루 한번 즉각적으로 구체적인 칭찬해주기. (부부, 아이 모두에게 긍정의 힘! 긍정적인 말 한마디 해주기)

8/26	8/27	8/28	8/29	8/30	8/31	9/1	9/2	9/3	9/4	9/5	9/6	9/7	9/8	9/9	9/10	9/11	9/12	9/13	9/14	9/15	9/16	9/17	9/18	9/19	9/20	9/21

☆ You-message(네가 이렇게 뛰니까 넘어지지!)를 I-message(엄마는 네가 뛰다가 넘어지면 다치면 마음이 아파)로 바꾸어 말하기

8/26	8/27	8/28	8/29	8/30	8/31	9/1	9/2	9/3	9/4	9/5	9/6	9/7	9/8	9/9	9/10	9/11	9/12	9/13	9/14	9/15	9/16	9/17	9/18	9/19	9/20	9/21

📢 2회차 부모역량강화 「아이와 소통하기」 요점 정리!!

1. 아이의 말 경청해주기 (아이의 말 따라하기)
2. 긍정의 말 한마디 해주기 (긍정, 칭찬, 격려, 인정, 공감, 수용)
3. 공감하기! 이해하기! 대안 찾기!
4. You-message를 I-message로 바꾸어 말하기
5. 미고사대!(미안합니다. 고맙습니다. 사랑합니다. 대화합시다.)

* 미션 체크리스트에 매일 적용해보세요. 한달 후 달라진 모습으로 자연스럽게 아이와 소통하~
* 7월 체크리스트를 원으로 보내 주세요.(다하시지 않으셔도 괜찮습니다 ^^)

매일 실행하면 습관이 되고
습관은 행동의 변화를 가져옵니다.

🐾 아롱다롱어린이집

3회차 "배려"와 "존중" 부모님 미션 체크리스트 ☂

부모님성함 :   실행하였을 경우 ○, 실행하지 못했을 경우 ✗해 주세요.   (1개월간)

내 용																										

☆ 나는 소중한 사람이야. 나는 참 예뻐! 거울보고 외치기. (부모 마음의 중심을 세우기.)

9/22	923	9/24	9/25	9/26	9/27	9/28	9/29	9/30	10/1	10/2	10/3	10/4	10/5	10/6	10/7	10/8	10/9	10/10	10/11	10/12	10/13	10/14	10/15	10/16	10/17	10/18

☆ 감사편지(문장) 쓰기. (구체적 내용과 대상 , 미고사대!!!)

9/22	923	9/24	9/25	9/26	9/27	9/28	9/29	9/30	10/1	10/2	10/3	10/4	10/5	10/6	10/7	10/8	10/9	10/10	10/11	10/12	10/13	10/14	10/15	10/16	10/17	10/18

☆ 매일 한번이상 눈을 마주치고 아이의 말 경청하기. (아이의 말을 따라 해주면서 대화를 이어가 보세요.)

9/22	923	9/24	9/25	9/26	9/27	9/28	9/29	9/30	10/1	10/2	10/3	10/4	10/5	10/6	10/7	10/8	10/9	10/10	10/11	10/12	10/13	10/14	10/15	10/16	10/17	10/18

☆ 하루 한번 즉각적으로 구체적인 칭찬해주기. (부부, 아이 모두에게 긍정의 힘! 긍정적인 말 한마디 해주기)

9/22	923	9/24	9/25	9/26	9/27	9/28	9/29	9/30	10/1	10/2	10/3	10/4	10/5	10/6	10/7	10/8	10/9	10/10	10/11	10/12	10/13	10/14	10/15	10/16	10/17	10/18

☆ You-message(네가 이렇게 뛰니까 넘어지지!)를 I-message(엄마는 네가 뛰다가 넘어지면 다치면 마음이 아파)로 바꾸어 말하기

9/22	923	9/24	9/25	9/26	9/27	9/28	9/29	9/30	10/1	10/2	10/3	10/4	10/5	10/6	10/7	10/8	10/9	10/10	10/11	10/12	10/13	10/14	10/15	10/16	10/17	10/18

📢 3회차 마음이 따뜻한 아이로 키우기 「배려, 존중」 요점 정리!!

1. 다른 사람을 도와주거나 보살펴 주려고 마음을 쓰고 실천하는 것
   "배려" 한마디는 "그래 그래"
2. 다른 사람을 높이어 귀중하게 대하는 것
   "존중" 한마디는 "아~그렇구나"

* 자신의 가치를 아는 사람은 무너지지않으며, 다른 사람의 가치도 높인다
* 미션 체크리스트에 매일 적용해보세요. 한달 후 달라진 모습으로 자연스럽게 아이와 소통하~
* 8월 체크리스트를 원으로 보내 주세요.(다하시지 않으셔도 괜찮습니다 ^^)

Change
매일 실행하면 습관이 되고
습관은 행동의 변화를 가져옵니다.

🐾 아롱다롱어린이집

"코칭맘의 감정 코칭 프로세스"

감정 코칭이란 마음을 알아주고 감정을 다루는 코칭 방법입니다. 코칭맘의 감정 코칭은 마음을 공감해줌으로써 아이의 감정조절 능력을 키워줍니다. 특히 영유아들은 언어 표현이 미숙하기 때문에 울음이나 얼굴 표정 등을 관찰하여 정서를 읽어주어야 합니다. 유아나 초등학생의 경우에도 짜증을 내거나 화를 내고 가끔은 울음으로 자신의 감정을 표현합니다. 아이의 행동이나 말에서 숨은 욕구나 의도를 읽어주고 코칭 대화를 통해 한걸음 성장시켜줄 수 있습니다.

아이의 감정을 포착하고 긍정적 마인드 갖기

희노애락이라는 말이 있듯 감정은 좋은 것뿐만 아니라 부정적인 것들도 포함 합니다. 특히 욕구불만으로 인한 아이의 부정적 감정을 포착하여 잘 읽어주어야 합니다. 아이가 화내고 짜증내며 막무가내로 떼를 쓰면 엄마도 힘듭니다. 하지만 감정을 표현하지 않고 억압하거나 회피하면 나중에 더 크게 폭발하는 경우가 있습니다. 감정을 드러낸다는 것은 도와달라는 신호로 문제를 해결하고 싶다는 욕구의 표현이기도 합니다. 그러니 아이가 성장할 수 있는 기회로 보고 긍정적 마인드를 가지세요.

온 마음으로 아이의 감정을 들어주며 공감하기

누군가 자신의 감정을 진심으로 들어주는 것만으로도 마음이 많이 풀립니다. 거기에 마음을 공감해주기까지 한다면 아이는 감정을 스스로 조절하기 시작합니다.

감정을 표현하도록 도와주고 스스로 문제를 해결하도록 이끌어주기

엄마가 자신의 감정을 하나하나 표현하거나 이름 붙임으로써 객관적으로 자신의 감정을 볼 수 있습니다. 엄마의 코칭질문을 통해 스스로 다양한 해결방법을 찾도록 도와주세요. 여러 방법 중에서 스스로 선택하기 때문에 자존감과 자기효능감도 커집니다.

(김진희 에니어그램코칭맘)

제 3 장

부모라는 교사에게 필요한 의식 혁명

개별성 존중이 우선이다

"아이는 무한한 잠재력을 지닌 존재이며, 각기 다른 빛을 가진 존재입니다."

유아기에는 가르치는 것 보다 사랑이 우선입니다. 세심한 관찰과 따뜻한 마음으로 아이의 기질과 개별적 특성을 인정하고 아이를 존중해 주는 것. 바로 개별성 존중입니다.

3월은 신학기가 시작되는 달입니다. 유아교육 기관이나 학교에서는 새로운 신입생을 맞이하게 되지요. 또한, 아이들이 새로운 환경에 처음 가는 달이기도 합니다. 서로가 새로움으로 시작하는 기간이지요. 이 기간 설레는 기대 속에 부모님은 걱정이 앞섭니다.

아이가 잘 적응할 수 있을까?

많이 울거나 불안해하면 어쩌나?

아이들과 잘 지낼까?

선생님이 내 아이의 특성을 잘 파악하고 보살펴 줄까?

선생님과 부모님도, 신입 아이와 진급하는 아이도 모두가 적용하는 시기입니다. 이 시기에 아이의 빠른 적응과 부모의 걱정을 덜어 드리기 위해서 선생님과 부모님의 소통은 매우 중요하지요. 세심한 관찰과 따뜻한 사랑으로 아이를 바라보고 아이의 개별성과 표현 방식을 공유해야 합니다.

3월 한 달 동안 저는 어린이집 운행 차량을 탑니다. 처음 오는 아이들의 안전과 적응을 돕기 위해 차량 운행 도우미로 선생님과 동승하지요.

차를 타고 내릴 때 다양한 장면들이 연출됩니다.

"엄마 안녕!" 엄마와 아이가 환한 미소로 손을 흔들며 인사를 나누는 모습.

"엄마, 엄마, 엄마…" 엄마를 목이 아프도록 부르며 아이도 울고 부모도 뒤돌아 눈물을 훔치는 애절한 모습.

"다녀오겠습니다." 선생님과 함께 엄마에게 인사를 나누고 스스로 차를 타는 아이와 따뜻하게 바라보는 엄마 모습.

"엄마 타, 엄마 타…" 엄마와 함께 타겠다고 딱 붙어서 떨어지지 않으려 고집을 부리는 아이의 모습.

"안 갈 거야, 안 가, 안 가." 엄마 팔을 뿌리치고 순식간에 멀리 달려가는 아이와 큰 소리로 부르며 다급하게 뒤따라가는 엄마의 모습.

창문을 사이에 두고 차 안과 밖에서 서로 손을 흔드는 모습.

창문에 딱 붙어서 서로 손바닥을 붙여보는 모습.

차가 출발해도 서로 눈을 못 떼는 아이와 부모의 모습.

참 다양하죠? 이러한 상황에 여러분은 어떻게 하시겠습니까?

저는 웃는 아이, 우는 아이, 고집을 피우는 아이의 모습을 미소 지으며 따뜻하게 바라봅니다. 아이가 왜 우는지, 무엇 때문에 불안해하는지, 어떤 것을 바라는지, 제각기 다르게 표현하는 아이의 마음을 알기 때문입니다.

차를 타고 내릴 때 부모님과 아이의 반응, 의사소통, 상호작용 관계를 관찰하는 것은 매우 중요합니다. 이러한 모습에서 부모님과의 애착 관계를 알 수 있으며 아이의 행동과 반응으로 기질과 개별성을 파악할 수 있어요. 새로운 환경 적응을 돕기 위해서는 아이의 이러한 특성을 파악하고 맞춤형으로 상호작용하는 것이 우선이지요. 다양하게 표현하는 언어와 심리를 읽고 아이의 개별성에 따라 반응을 하면 희한하게 심리적 안정을 찾고 빠른 시간에 적응하게 됩니다.

모든 부모는 아이를 소중하게 여기고 사랑할 겁니다. 하지만 육아를 몹시 힘겨워하며 어려움을 호소하지요. 아이들은 똑같은 상황에서도 제각기 다른 반응으로 표현하기에 예측도 어렵고 어떻게 해야 할지 몰라 당황스럽고 애가 탄답니다.

'도대체 왜 그런 걸까? 뭣 때문에 이러는 거지?'

부모님을 힘들게 했던 여러 가지 문제들은 아이의 발달적 특성과 고유 특성을 모르기 때문이에요. 아이는 유전적 요인과 태아기 때 환경적 요인의 영향을 받아서 개별성을 갖고 태어나요. 아이들은 저마다 다른 존재이기에 내 아이의 고유한 특성을 알고 발달 특성을 이해하는 것은 부모의 중요한 역할입니다. 태어나면서부터 순하고 조용한 아이가 있는 반면 한시도 가만히 있지 못하고 이리저리 돌아다니는 아이가 있고, 유독 예민하고 짜증이 많은 아이가 있는 반면 매사 낙천적이고 잘 웃는 아이도 있고, 행동 반응이 느릿느릿한 아이도 있지요. 새로운 환경에 호기심을 보이는 아이와 잘 적응하는 아이도 있지만, 낯선 것을 두려워하는 아이도 있어요. 이렇듯 아이들은 저마다 다른 반응과 행동 특성을 보이는데 아이가 태어날 때부터 타고난 생물학적 고유의 특성을 '기질'이라고 합니다.

기질은 출생 후 외부 환경에 적응해 나가는 방식으로 순한 기질, 까다로운 기질, 더딘 기질이 있습니다. 순한 기질의 아이는 먹고, 자고, 배변하는 생활 리듬이 대체로 규칙적이고 새로운 음식, 낯선 사람, 새로운 환경에도 잘 적응하지요. 많은 아이들이 이 기질에 해당하는데 이런 아이들은 무난하여 편하게 키울 수 있다는 생각에 아이의 요구와 반응을 놓칠 수가 있어요. 순한 기질의 아이도 환경이 좋지 않고 스트레스를 받으면 문제 행동이 일어날 수 있기에, 아이와 일정한 시간을 갖고 관심과 사랑을 자주 표현해야 합니다. 까다로운 기질의 아이는 먹고 자고 배변하는 생활 리듬이 매우 불규칙적이며 울음이나 짜증내는 방식으로 감정 표현을 많이 하지요. 예민하여 새로운 환경을 받아들이는 데 시간이 오래 걸립니다. 아이가 까다로운 기질을 타고났다면 부모는 무엇보다 인내심을 갖고 아이의 요구와 마음을 읽어 주고 아이의 감정을 수용해 주어야 해요. 더딘 기질의 아이는 먹고 자고 배변하는 생활 리듬이 순한 기질의 아이와 비슷하게 규칙적이나 활동량이 적고 새로운 환경 변화에 적응이 늦는 편이며 감정과 행동도 더디게 표현합니다. 부모님이 답답해하거나 재촉하면 아이는 반항하며 고집을 부리거나 무기력을 보일 수 있어요. 아이의 기질을 이해하고 기다려 주어야 해요. 따뜻한 눈으로 바라보며 동기를 부여해 주고 격려하며 스스로 할 수 있도록 기회를 주고 기다려 주는 것은 매우 중요합니다. 더딘 아이는 대기만성으로 성장하기에 부모님의 인내와 기다림이 꼭 필요합니다.

 아이의 타고난 고유 특성인 기질은 좋고 나쁨이 없습니다. 기질적 특성 이해와 파악이 우선이며 존중되어야 합니다, 이것이 개별성 존중이며 영·유아기에는 그냥 인정하고 존중해야 합니다. 부모의 기질과 아이의 기질을 파악하고 조화를 이루는 것이 중요합니다. 부모님의 성격이나 양육방식이 아이의 기질에 적합하게 이루어지고 개별성 존중이 이루어지면 아이는 건강한 성장과 발달을 할 수 있습니다.

소중한 아이의 고유한 특성인 기질을 파악하고, 아이의 표현 방법을 이해하고, 저마다 빛깔이 다름을 존중해 주어야 합니다. 이것이 개별성 존중이며, 우선입니다.

미션: '개별성 존중이 우선이다' 순간순간 외치기

자존감 높은 아이가 유능하다

"나는 너를 사랑해."

"너는 참 소중한 사람이야."

누구나 듣고 싶은 말.

언제 어느 상황에서나 따뜻하게 와 닿는 말이지요. '나는 사랑 받고 있구나, 나는 소중한 사람이구나.' 불룩불룩 힘이 솟게 합니다. 마술처럼 자신이 사랑받을 만한 존재, 소중한 존재라고 느끼며 자존감이 생깁니다.

아이들이 돌이 지나면서 엄마 말에 '아니, 아니, 아니야'라는 말을 하기 시작합니다. 이 표현은 엄마와 나를 구분하게 되었다는 것을 뜻하지요. 즉 엄마와 다른 '나'라는 존재가 있다는 것을 알게 되었다는 것이며, 아이에게 자기에 대한 인식이 생겼다는 것입니다. 이때부터 아이는 활발하게 주변 사물을 탐색하고 그것을 내 의지대로 하고 싶어 합니다. 이 시기에 '자기 인식'은 성장 과업이며 '자아 발달'은 중요한 발달 과제이기에 아이들은 탐색한 것은 무엇이든 시도하려고 하지요.

세상 탐색을 나선 아이들은 모든 것이 신기한 호기심 거리이기에 항상 새로운 것을 시도하려고 합니다. 고집을 부리고, 부모의 말에 반항하는 모습을 보이는데 이 시기의 아이들은 '자아 형성 과정' 중이라고 이해하시면 됩니다.

"아니야!"
"아니, 아니"
"싫어."
"내가 할 거야. 내가, 내가…"

이럴 때 부모는 처음부터 아이의 버릇을 잘 들여야겠다는 일념으로 제재하거나 위협적인 언어나 행동을 취하기도 하고 모든 것을 차단하기도 합니다. 그러나 부정적인 감정이 아니라 '벌써 자기표현을 하는 것을 보니 몸처럼 마음도 성장하고 있구나.' 아이의 성장을 기쁘게 받아들여야 합니다. 아이의 행동 동기를 이해하고 위험하지 않으면 행동을 수용하며 긍정적인 상호작용을 해 주어야 해요. 아이는 자신의 의견이나 생각이 받아들여졌을 때 '나도 할 수 있다.', '나는 괜찮은 아이구나.', '엄마, 아빠는 나를 사랑하는구나.'라고 느끼게 되지요. 이것은 아이가 앞으로 인생을 살아갈 큰 힘이 된답니다.

바로 자존감!
단단하고 건강한 자존감은 삶을 살아가는 데 꼭 필요한 핵심 요소이며 힘입니다.

자녀교육의 패러다임을 바꾼 책 '아이의 사생활'에서 자존감이 높은 아이는 대체로 학업 성적이 우수하고 친구도 많으며, 자신의 지각과 판단에 확신이 있고 새로운 과제에 대해 성공을 예상한다고 합니다. 또한, 자신이 다른 사람에게 영향을 줄 수 있다고 기대하며, 자신의 의견을 말하는 데 주저함이 없기에 어려움이 닥쳤을 때도 자신의 능력을 믿고 도전한다고 합니다. 포기하지 않고 끝까지 매달려 해결하려고 노력하며, 혹시 실수하더라도 순순히 자신을 인정하고 더 잘할 것이라 믿으며 새로운 도전과 모든 활동에 적극적이라고 했지요.

많은 연구와 실험에서 밝혔듯이 자존감이 높고 단단한 아이는 유능하다는 것입니다. 그렇습니다. 자존감이 높은 아이는 유능해집니다. 그 자존감이 형성되는 시기는 유아기입니다. 자아를 인식하기 시작하면서 자존감을 처음 형성하는 영·유아기 부모의 역할은 매우 중요합니다.

매년 유아교육 현장에서 동생을 맞이하는 아이들을 많이 만나게 됩니다. 동생이 생겼다는 소식에 아이도 엄마도 좋아하고 기쁨을 나누지요. 하지만 시간이 흐를수록 대부분의 아이는 불안해집니다. 사랑을 독차지했던 아이는 엄마의 신체 변화와 호르몬의 변화를 이해하기는 너무나 벅찬 나이기에 엄마의 관심과 사랑을 갈망하며 여러 불안 모습을 보이기도 하지요. 그러나 엄마는 두 배로 늘어난 몸과 육아로 신체적 정신적 피로가 누적되어가지요. 엄마는 차츰 마음의 여유가 없어지면서 아이가 하고자 하는 마음을 읽고 자율적 의지를 수용하지 못하게 됩니다. 마음과 다르게 통제와 제재가 많아지고 말로만 지시하게 되지요.

"너는 오빠잖아. 네가 스스로 할 수 있지?"

아이는 태어난 동생이 엄마 아빠의 사랑을 독차지하는 것 같아 속상합니다. 그렇지만 동생은 여전히 예쁘고 좋습니다. 자기가 봐도 누어서 꼼지락거리며 방긋방긋 웃는 아기는 너무 귀엽고 예쁩니다.

"사랑해."

오빠로서 엄마처럼 무엇인가 해 주고 싶어 합니다. 할 수 있을 것 같습니다. 엄마가 했던 것을 기억하며 아기의 다리도 들었다 놓고, 팔도 당겨보고 얼굴을 쓰다듬고 볼도 당겨 보기도 합니다. 그러나 오빠도 신체 발달 특성상 힘의 조절이 마음같이 되지 않았기에 오빠의 마음도 모르는 아기는 곧바로 울어버립니다.

"어휴, 아기를 왜 괴롭히니? 가만히 있어."

엄마의 말 한마디에 아이는 동생을 괴롭히는 오빠로 전락하고 맙니다. 동생은 사랑받는 존재이고 나는 동생을 괴롭혀서 미움받는 존재라는 슬픔과 자괴감은 아이의 자존감에 큰 상처를 남깁니다.

아이의 주도성과 따뜻한 마음을 알아주어야 합니다.
"동생이 예뻐서 돌봐 주려고 했는데 아기가 울어서 놀랐지?"
아이 마음속 동기를 알아주고 상황에 따른 예상치 못한 반응에 놀랐을 마음도 격려 해 주어야 합니다.
"엄마 도와줄래?"
"동생 기저귀 갈아 줄 때 도와줄 수 있겠니?"
"동생 분유가 잘 섞여야 하는데, 흔들어 줄래?"

동생에게 도움을 주고 사랑하는 존재로 자존감을 가질 수 있도록 아이에게 자율적으로 할 수 있는 일을 선택하고 해 보도록 기회를 주세요. 동생을 안는 방법을 알려 주고 안아 보게 하는 것도 좋습니다. 아이와 동생의 따뜻한 교감이 자연스럽게 형성됩니다. 아이는 자신의 힘으로 할 수 있는 것과 어려운 것을 스스로 인지하게 되면서 자기의 역할을 알게 되지요. 사용 전 기저귀 챙기기와 사용 후 기저귀 휴지통에 넣기 담당, 우유병 흔들어 주는 것, 아기 장난감 챙겨 주는 것 등.

유아기 아이의 주도성과 자율성을 인정하고 인격적으로 존중하면 아이의 자존감이 단단해지고 커집니다. 스스로 한 일에 대해 만족하고 성취감을 맛본 아이는 스스로 할 수 있는 것이 많아집니다. 아이는 성취의 경험이 많을수록 자존감은 높아지고 자존감이 높을수록 자율성과 주도성이 확장되어 유능해집니다.

외출 전, 후나 아이의 등원 시간 전 바쁜 마음에 밥을 먹여 주고, 양치질해 주고, 옷을 입혀 주고, 신발을 신겨 주지는 않습니까?

부모님이 해주면 준비는 빨리 되겠지요. 하지만 아이의 기본생활 습관과 소근육의 발달이 늦어질 뿐만 아니라 내면의 자아가 단단해지는 자존감이 형성될 기회를 뺏는 것과 같습니다. 밥을 흘리더라도 스스로 먹을 수 있도록 독려해 주어야 하고, 양치질하다가 옷이 젖어도 스스로 할 수 있도록 기다림으로 배려해 주어야 해요. 등원 준비, 놀잇감 정리, 옷가방 정리, 식전 식후 숟가락과 젓가락 정리 등 잘하지 못해도 기회를 주는 것이 아이의 자존감을 키워가는 과정이에요. 일상생활에서 스스로 해 보려는 마음과 노력은 자조 능력을 향상해 주고 자존감을 싹틔우게 해 준답니다.

아이의 자존감을 높이기 위해서는 수없이 도전하고 성공을 경험하는 것이 중요합니다. 이 과정에서 여러 번의 실패와 성공의 경험은 자존감을 높여주고 유능하게 합니다. 부모가 아이의 자존감을 높여주기 위해서는 대신해 주거나 실패를 줄여주는 것이 아니라, 기회를 주고 기다리고 격려해 주고 또 다른 동기 부여를 주는 것입니다.

자존감이 높은 아이는 실패를 두려워하지 않습니다.
자신이 할 수 있는 일을 찾아서 도전하는 유능한 아이가 됩니다.
유능한 아이는 자존감이 높고, 자존감이 높은 아이는 유능합니다.

"틀려도 괜찮아. 열심히 했으니 그것으로 충분해. 넌 할 수 있어!"

미션: 아이에게 스스로 할 기회를 주고 기다리기

자신감이 있는 아이가 성공한다

개별성 존중은 자존감을, 자존감은 자신감을 키워줍니다. 자신감은 하고 싶은 것을, 해 본 것을, 할 수 있는 것을 찾아 즐기는 능력입니다. 자신감은 실패를 두려워하지 않고 수없이 도전하고 경험하게 하며 성취감을 느끼게 합니다.

"엄마 땄어요. 제가 했어요."

'자전거 운전 면허증'
아롱다롱 어린이집에서는 매년 자전거 면허증을 발급합니다. 6세의 '자신감' 성장 과업으로 '자전거 운전 면허증' 따기를 하지요. 개인의 신체 발달에 따라 자전거를 잘 타는 아이도 있고, 다리에 힘을 조절하는 것이 힘든 아이들도 있습니다. 신체 발달과 조절하는 능력을

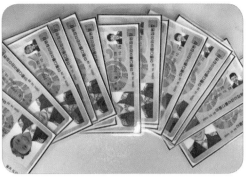

키워주기 위함도 있지만, 자신감을 키워주고 성공에 대한 성취감을 키워주기 위해서 자전거 면허증을 발급합니다.

붕붕카, 코레카, 씽씽카에서 자전거까지 저마다 타고 싶은 것을 선택하여 4세, 5세, 6세, 7세 아이들이 즐깁니다. 스스로 자신의 수준에 맞는 것을 선택하고 성공하면 다음 단계에 도전하지요.

자전거가 앞으로 나가려면 페달을 힘껏 밟아 양쪽 발이 엇갈려 크게 원을 그리듯이 돌아야 합니다. 그러나 아이들 신체 발달 특성상 양쪽 발이 엇갈려 한 바퀴 돌아 앞으로 가기까지 무척 힘들고 어렵습니다. 양쪽 발이 중간에서 왔다 갔다 하기를 반복하다가 멈추게 되지요. 그런데 그 어려운 것을 가정과 원에서 부모님과 선생님의 격려와 지지로 도전과 연습을 반복하면서 성공하게 됩니다. 다리와 발에 힘을 주어 한쪽 발이 넘어가는 것을 경험한 아이는 자신감이 생기면서 양쪽 발을 번갈아 가면서 자전거가 앞으로 나가는 성취감을 느낍니다. 아이들의 성공 경험은 자신감을 높여 주었고 자신감은 또 다른 도전의 동기 부여가 되었지요.

성취감과 자신감을 맛본 아이들은 실기 시험에 도전합니다. 실기 시험 당일 아이들의 모습은 너무나 사랑스럽습니다. 설렘 속에 긴장감이 돌지만 '나는 할 수 있어, 하고 말거야.'라는 굳은 의지가 보이기 때문이지요.

자전거 면허 시험은 가족과 함께 풀어 보는 1차 필기시험과 원에서 아이들과 선생님이 풀어보는 2차 필기시험에 합격하면 실기 시험을 볼 수 있는 자격을 얻게 됩니다. 엄마, 아빠의 응원 속에 가정과 어린이집에서 열심히 자전거 타기를 즐긴 아이들은 전원 자전거 운전면허 실기 시험에 당당하게 합격합니다.

자전거 운전면허증을 높이 들고 외칩니다.
"제가 했어요. 면허증 땄어요." 아이들의 몸과 마음에 자신감 200% 충전 완료합니다.

"어떤 아이가 성공할까요?"
많이 경험하고 즐긴 아이가 자신감이 생겨서 성공합니다. 나는 할 수 있다는 '긍정적인 마음' 그리고 어렵고 힘들지만 나는 이것을 해결할 수 있다는 '자신감' 이런 의지와 감정은 아이의 깊은 곳에 숨어 있는 잠재 능력까지 불러내어 행동을 변화시키고 결국에는 성공을 부르게 되지요. 성공 경험이 자존감을 높이고 자존감이 다시 성공의 원동력이 되는 것입니다.

아이는 시행착오를 겪으면서 배우고, 해내고 마침내 자신감을 얻어 혼자서도 잘하게 됩니다. 처음부터 잘하는 것은 없습니다. 스스로 할 수 있는 기회를 주고 지난번보다 잘했다면 아이의 노력과 성과에 대해 칭찬하고 격려해 주세요.

"자신감이 있는 아이! 도전하고 성공합니다!"

미션: '넌 할 수 있어'라고 격려하기

진짜 놀이를 즐기게 하라

자유 놀이 시간이나 바깥 놀이 시간을 마칠 때면 아이들은 큰 소리로 외칩니다.

"조금밖에 못 놀았단 말이에요. 더 놀고 싶어요. 조금만 더 놀아요."

아이들은 이 시간을 너무 좋아합니다. 자유롭게 놀이를 선택하고 즐기는 시간이지요. 아이들에게 놀이는 재미와 즐거움뿐만 아니라 일이며 삶입니다. 누군가 이끌어주거나 지시하지 않아도 1시간을 훌쩍 넘는 시간 동안 아이들끼리 놀이를 즐기지요. 자신의 이전 경험을 끌어내고, 새로운 변화를 시도하고 끊임없이 소통하면서 놀이를 계속 이어갑니다.

자신의 지식을 재구성하고 갈등을 경험하면서, 또래에게 배우고

놀이했던 또 다른 지식을 반영하여 다른 놀이로 확장하는 모든 과정
이 놀이의 즐거움이며 삶의 가치와 지혜를 배우는 성장의 시간이지
요. 아이들은 이렇게 놀이를 통해 이미 배운 것을 표현하고 더 하고
싶은 것을 스스로 확장하고 도전하면서 성취감을 느끼며 긍정적 정
서와 자신감을 키워가며 성장합니다.

꽃과 식물에 물을 주며 자연을 탐색하고 변화를 이야기하는 아이들.
경찰과 악당이라며 쫓고 쫓기며 달리고 또 달리는 아이들.
모래성을 쌓고 굴을 파고 또 파는 아이들.
땅을 파고 수로와 새로운 집을 몇 채씩 만드는 아이들.
놀이기구를 타고 밀고 잡아주는 아이들.
형님, 아우 서로 손을 꼭 잡고 마음을 나누는 아이들.
자연물로 음식을 만들고 선생님과 친구들을 초대하는 아이들.

꽃과 나무, 돌과 흙, 친구들, 모든 것이 놀잇감이 됩니다. 놀면서 상상하고 대화를 나누고 즐거움을 느낍니다. 아이에게 놀이는 사고의 경험이며 세상과의 만남이지요.

놀이는 양이 중요한 것이 아니라 질이 중요합니다. 놀잇감의 종류와 양이 많은 것이 아니라 자기 주도적 놀이가 중요하다는 것이지요. 자기 주도적 놀이는 아이들이 시간 가는 줄 모르고 놀이에 몰입하게 하지요. 시간의 물리적 흐름을 인식하지 못하는 몰입의 순간, 이것이 진짜 놀이라고 할 수 있습니다. 이때 아이들은 가르치려 하지 않아도 잠재된 능력이 표출되고 자신을 조절하였을 때 즐거울 수 있다는 것을 스스로 배웁니다. 아이는 진짜 놀이를 즐기며 스스로 지식을 구성하며, 놀이의 즐거움 속에 행복한 성장이 이루어지게 됩니다.

아이와 마주 앉은 저녁 시간이나 주말이 두려운가요?
아이가 혼자서 놀지 않고 놀자고 하면 갈등이 생기나요?
아이에게 뭔가를 가르쳐야 할 것 같아 부담되나요?

"가르치려 하지 말고, 놀아 주려고 하지 마세요."

진짜 놀이를 경험한 아이들은 엄마, 아빠와 마주 보고 웃고 떠들며 행복한 느낌을 공유하고 싶어 합니다. 엄마, 아빠의 지지를 받으면서 자기가 하고 싶은 대로 놀아보고 싶을 뿐입니다. 엄마, 아빠의 즐거운 참여면 충분해요.

놀이는 긴 시간이 필요하지 않아요. 단 TV, 핸드폰, 집안일, 어른들끼리 대화를 멈춘 '20분 놀이 시간'을 갖는 것을 권장합니다. "20분이요? 그것보다 더 많이 함께 놀고 있는걸요."라며 반박하시는 분들이 많으실 것 같습니다만 2015년 OECD '삶의 질 보고서'에 의하면 한국 아빠와 아이가 함께하는 하루 평균 시간은 6분이고, OECD 국가 평균은 47분이라고 해요. 최근에는 아빠의 참여가 많아졌다고 하지만 한 설문조사 결과에 따르면 육아 참여 시간은 18분이라고 합니다.

어떤 일이든 처음 하거나 갑자기 하면 숨이 턱 막히고 너무 힘들지요. 그 후유증도 너무나 크게 와 닿게 되지요. 조금씩 꾸준히 하면 몸이 기억하고 습관화되어 피로감과 후유증이 없어지고 효율성이 높아지게 돼요. 아이들과의 시간을 매일 가질 수는 없지만 놀이 참여 시간을 일정하게 정해놓고 규칙적으로 실행하는 것은 어떨까요? 놀이 시간을 딱 정해 놓지 않으면 아이와 놀이에 집중하기 어렵습니다. 가정에서도 규칙적으로 재미있게 놀이하는 시간을 가지면 아이도 부모와 떨어져 있는 동안 다시 만날 시간을 기대하며 안정된 마음으로 하루를 보낼 수 있게 된답니다.

부모님, 특히 아빠와의 저녁, 놀이 시간은 아이의 스트레스를 풀어주고 부모와의 관계 형성에 효과적입니다. 짧은 놀이 시간이지만 아이가 느끼는 정서적 교감이나 상호작용은 시간 비례 가용성이 높아요. 이것은 아이의 마음 깊이 든든한 힘으로 작용해 진짜 놀이를 즐기고 몰입할 수 있도록 해 줍니다. 진짜 놀이를 위한 우선 과제는 다양한 사전 경험이에요. 가정에서의 사전 경험은 엄마, 아빠와의 놀이에서 이루어집니다. 아이의 주도적 표현에 '이런 좋은 방법도 있었구나. 나도 그렇게 해 볼까?' 칭찬하고 격려하면서 아이의 행동을 모방하여 반영해 보세요. 아이는 신이 나서 또 다른 방법을 찾게 되지요. 또한 아이의 행동을 읽어주는 듯 언어로 묘사하며 함께 즐기면 아이는 스스로 주도성을 갖게 되고 집중하여 놀이 속의 주인공이 되어갑니다.

다양한 사전 경험이 있을 때 그 경험의 힘으로 다른 놀이에 도전할 수 있고 또 다른 경험을 확장해 가며 진짜 놀이를 즐기게 되지요.

"엄마, 아빠 더 놀고 싶어요. 조금만 더 놀아요."
아이가 이렇게 표현했다면 아이가 진짜 놀이를 즐겼다는 것으로 부모님의 놀이 참여는 성공적입니다.

"우와 재미있어서 더 놀고 싶구나. 나도 재미있었어!"

미션: 아이와 매일 20분 놀이 즐기기

창의적이고 즐거운 삶을 살게 하라

가르쳐서 잘하는 것은 노력의 산물?

가르치지 않아도 잘하는 것은 재능의 산물?

부끄럽지만 저는 한글을 제대로 읽고 쓴 것이 초등학교 3학년 때입니다. 선생님께서 칭찬과 격려로 맞춤형 지도를 해주셨기 때문에 선생님이 좋아서 열심히 노력한 결과였어요. 그래서 저는 머리가 좋지도 않고 특별한 재능도 없다고 생각했기에, 나중에 커서 선생님이 되려면 '선생님들께 열심히 배우고 될 때까지 노력해야 한다.'라고 마음속으로 다짐했지요. 마치 인디언의 기우제처럼 노력의 산물을 만들기로 했습니다.

그런데 대학 부설 유치원 교사로 근무할 때 원장님으로부터 뜻밖의 찬사를 들었습니다.

"안 선생님은 이해가 빠르고 새로운 아이디어로 교재를 다양하게 잘 만들어요."

"창의성이 좋은가 봐, 어떻게 그런 생각을 했어요?"

머리도 나쁘고 창의성은 제로라고 생각했었던 저에게 원장님의 말씀은 눈을 번쩍 뜨게 하였지요.

'나는 머리가 나쁘지 않았어.'

'내게도 창의성이 있구나.'

'창의적인 것은 기발한 것도 아니고, 전혀 새로운 것도 아니네.'

선생님으로서 아이들을 위해 배우고 연구하고 나누는 것을 멈추면 안 된다는 마음으로 배우고 익히기를 반복하면서 즐겁게 놀이하는 방법을 찾았을 뿐인데… 아이들과 놀이를 즐기면서 함께 새로운 놀이를 발견하고 확장 놀이를 했을 뿐인데…

저는 유아교육 현장에서 아이들과 함께 놀이하면서 창의적이고 즐거운 생활을 하게 되었던 것입니다. 화장실에 긴 시간 앉아 있을 때, 혼자서 밥을 먹을 때, 아이들이 노는 모습을 바라볼 때마다 즐거운 놀이 아이디어가 불쑥불쑥 떠올랐지요. 제가 좋아하는 일을 하고, 잘할 수 있게 되고, 즐기게 되니 너무 행복했어요.

아이들의 놀이를 바라보며 아이들이 관심 가지는 것, 좋아하는 것, 호기심 갖는 것을 맘껏 즐기게 하고 확장하게 하고 싶었죠. 그래서 저의 기존 경험과 새로운 지식을 융합하여 자료를 다양하게 만들고 놀이를 확장하려고 끊임없이 노력했는데 이런 일상이 습관이 되어 또 다른 재능으로 성장했던 것이에요. 그러면서 저는 창의적이고 즐거운 삶을 사는 사람이 되어 있었습니다.

창의력은 남과 다르게 새로운 눈으로 보고 표현하는 능력이라고 하지요. 아이들은 모두 창의력의 무한한 잠재력이 있으며 저마다 창의적인 놀이를 즐깁니다. 창의력은 절대 부모님의 계획과 의도로 키울 수 있는 것이 아니에요. 가르친다고 느는 것이 아니라 아이가 스스로 개발해 나가는 것입니다.

아이들이 창의적이고 즐거운 삶을 살게 하려면 부모님의 의식 혁명이 필요해요. 아이의 호기심을 무시하거나 스스로 즐기는 놀이를 차단하고 인위적인 학습을 강요하는 부모의 양육 태도는 창의력을 저하시키고 잠재된 능력을 닫히게 합니다.

"원장님, 우리 00이 미술학원에 보내려고 해요. 어디가 좋을까요?"
"어머니, 00이가 그림그리기를 엄청나게 좋아하지요."
"맞아요. 좋아해서 집에서도 그림을 많이 그려요. 그래서 학원에 보내려고요."
"00이가 좋아해서 많이 그리는 것을 즐기고 있는데 왜 학원을 보내시려고 하세요?"

"동물 그림을 잘 그리는데 특히 토끼를 많이 그려요. 토끼 귀는 길쭉하게 그리는데 몸은 세모로 그리고 발에는 구두를 그렸어요. 토끼처럼 더 잘 그리게 해 주고 싶어서요. 형태가 잘 나타나고 색도 꼼꼼하게 칠해서 완성할 수 있게 하려고요. 그러면 00이도 성취감을 느낄 것 같아서요."

부모님은 아이가 좋아하거나 즐기는 것을 보면 대부분 이런 생각을 하고 인위적인 교육을 제공해 주어야겠다고 다짐합니다.
'아하, 그리기를 좋아하네. 소질 있나봐. 잘할 수 있도록 전문 교육을 시켜야겠어.'
그러나 정말 위험한 생각이에요. 놀이가 삶인 아이는 그동안 자기의 생각을 표현하고 그리는 놀이를 매일 수 없이 반복하면서 창의적 표현으로 삶을 즐기고 있었을 것인데…

부모의 잘못된 인식과 기대는 아이의 관찰력, 사고력, 집중력, 상상력을 차단하고 자기 주도적 놀이를 유발하는 욕구와 동기를 무시하는 일과 같습니다. 결국 잠재된 무한한 아이의 창의력을 영원히 잠재만 하게 하는 것이지요. 부모님! 놀이가 삶인 아이가 창의적이고 즐거운 삶을 살게 해 주세요.
그림 그리는 것이 즐겁고 좋았던 아이는 어느 날 이모 집에서 기르던 토끼를 보았어요. 사촌들과 신나게 토끼에게 먹이를 주고 보살피며 탐색을 즐긴 경험은 그리기 좋아하는 아이에게 그림의 소재가 되었습니다. 매일매일 같은 듯 다른 토끼를 그리게 되지요. 토끼를 무한 반복해서 그리고 스토리를 만들면서 그림과 스토리가 확장되고 사고력이 깊어지고 상상의 날개가 폭풍처럼 펼쳐집니다.

아이가 호기심과 관심을 보이며 좋아하는 것이 생기면 맘껏 탐색하고 즐길 시간이 필요하지요. 이때 부모는 아이가 스스로 표현하고 생각해 볼 수 있도록 격려하고 칭찬하면 됩니다. 이것은 스스로 생각하는 힘을 길러주고 창의적인 표현을 발휘하게 하고, 아이 자기만의 상상에 빠져 제멋대로 실컷 표현하고 즐길 수 있게 되지요. 탐색하고 즐기는 것은 아이들의 창의적인 삶이자 놀이입니다.

심리학자 미하이 칙센트미하이(Mihaly Csikszentmihalyi)는 호기심과 몰입이 아이의 재능을 발굴하는 데 가장 중요하다고 했습니다. 그렇습니다. 창의력은 아이가 호기심을 갖고 관심 있어 하는 것에 대해 많이 생각하고, 자기가 좋아하고 흥미 있어 하는 것을 즐기고 반복할 때 저절로 키워집니다. 아이의 창의력을 키우고 싶다면 아이가 호기심을 갖고 뭔가 하고자 할 때 응원해 주고, 아이가 좋아하는 것을 인정하고 즐길 수 있는 시간을 맘껏 누리도록 해 주는 것입니다. 이것이 아이들을 매일 창의적이고 즐거운 삶이 되도록 해 줍니다.

미션: '우~와! 멋져, 멋져, 멋~져!'라고 표현해 주기

"아이의 자존감은 부모로부터"

우는 아이, 화내는 아이, 공격적인 아이, 투정하는 아이, 움츠린 아이, 눈치 보며 머뭇거리는 아이, 이기적인 아이….

아이는 왜 이럴까요? 이런 아이에게 어떻게 해야 할까요?

부모님, 아이의 자존감을 키워주세요!

부모님이 아이에게 줄 수 있는 가장 큰 힘은 '자존감'입니다.

부모로부터 생긴 아이의 자존감은 다른 사람을 존중하고 건강한 인간관계를 맺기 위한 바탕이 된답니다.

아이와 함께 있는 시간이 소중하고 행복하다고 말해 주세요.

아이와 함께 있는 시간에는 눈을 마주치고, 웃어주고, 안아주고, 따뜻하게 바라보며, 관심을 표현해 주세요. 그리고 아이와 함께 있는 시간이 소중하고 행복하다고 말해 주세요. 부모의 표현과 말에 아이는 사랑받고 있다는 것을 느끼고, 자신이 소중한 존재라고 생각하게 됩니다.

아이의 이야기를 끝까지 들어주고 반응해 주세요.

아이가 이야기를 할 때 아이와 눈을 맞추며 끝까지 들어주세요. 그리고 공감하며 감정을 읽어주세요. 그러고 나서 부모의 마음과 생각을 표현하면 아이도 부모님의 이야기를 들어줍니다.

결과가 아닌 과정에 대한 행동을 구체적으로 칭찬해 주세요.

결과에 따라 보상이나 칭찬을 하는 것이 아니라 동기나 과정에 대한 칭찬을 해 주세요. 칭찬은 '잘했어.', '멋지다', '착하다'와 같이 추상적인 것보다 '몰입 하는 모습이 멋졌어.', '힘들었을 텐데 끝까지 해냈구나 잘했어.', '먼저 하고 싶을 텐데 기다리는 것을 보니 훌륭하구나.'와 같이 구체적인 것이 좋습니다.

제 4 장

부모가 교육자가 되는
5가지 프로젝트

부모 성향 이해 및 성장
《에니어그램 코칭 맘!》

〰〰〰〰〰〰〰〰〰〰〰〰〰〰〰

"선생님 어떻게 그럴 수 있어요? 그 아이 집은 어디예요?"

"어머, 어머나 어떡해요. 아이는요? 아이가 얼마나 아팠을까요?"

"그 상황에 선생님은 어디 계셨죠? 똑같은 일이 두 번 다시 일어나지 않도록 해 주세요."

다툼이 있었던 아이의 부모님 반응입니다.

똑같은 상황, 제각기 다른 반응과 표현!

놀이하면서 아이들의 다툼은 자주 일어납니다. 서로의 욕구가 맞지 않거나, 서로의 표현 방식이 다르기 때문이지요. 말보다 몸으로 즉각 반응하는 시기의 아이들은 누구나 신체적 가해자와 피해자가 되기도 합니다. 아이들의 이런 상황은 자연스러운 일이지요. 그러나 부모님은 다양한 자기만의 방식으로 인식하고 행동하며 오해와 편견으로 불신을 키우기도 합니다. 아이들의 자연스러운 성장 표현이 어른들의 다툼으로 확대되어 서로에게 상처를 주기도 하고 받기도 해요. 아이와 아이의 관계, 아이와 교사의 관계, 교사와 교사의 관계, 교사와 부모의 관계, 부모와 부모와의 관계, 부모와 아이의 관계에서도 다르지 않습니다. 교육 현장에서 이러한 상황이 반복되는 것이 안타까웠습니다.

'아이들의 즐겁고 행복한 성장을 위해 함께하는 교사와 부모들인데 어떻게 하면 이들의 즐겁고 행복한 성장을 도울 수 있을까?'

인간의 행복, 불행, 기쁨, 슬픔, 분노, 우울 등의 감정을 불러일으키는 여러 가지 원인 중 인간관계가 큰 비중을 차지하기에 늘 저에게 주어진 과업인 듯 깊은 생각에 빠지곤 했어요. 서로 비슷한가 싶으면 다르고, 다르다 싶으면 조금은 같은, 저마다 고유의 특성과 행동 표현이 있습니다. 세상에 똑같은 사람은 없는 것 같습니다.

'너와 나, 서로 다른 관점, 서로 다른 성격!'

'아이뿐만 아니라 교사, 부모의 백 가지 언어를 이해하고 존중하자.'라는 신념을 갖고 도움을 주고자 끊임없이 사람의 행동 특성과 성격 특성을 이해하기 위한 다양한 방법을 배우고 연구했지요. 이 과정 중에 한국중앙교육센터 KCLC 대표인 에니어그램 전문가 류지연 교수님을 만났습니다.

"Who am I?"

나는 누구인가?

내가 누군지?

왜 그렇게 할 수밖에 없었는지?

아이와 교사, 부모님을 위해 만난 에니어그램은 먼저 자기 자신을 알고 이해하게 되는 신비로움을 안겨주었어요. 자신을 이해하고 인정하게 되니 자신과 타인의 다름도 자연스럽게 인정하게 되었습니다.

'아… 그래서 그랬구나!'

'음… 그래서 그렇게 할 수밖에 없었구나!'

저마다 다르지만 제각기 다른 모습이 따뜻하게 와 닿았습니다. 그들의 다양한 표현은 다 그럴만한 이유가 있었던 것입니다. 에니어그램은 자신의 성장뿐만 아니라 다른 사람을 이해하기 위한 지혜의 도구라는 생각에 가슴이 두근두근했답니다.

왜 교사가 천직이라고 느꼈는지?

왜 교육자는 배움과 나눔을 멈추면 안 된다는 의지로 교사 교육과 부모교육을 꾸준히 진행했는지?

왜 아이들의 성장을 위해 교사와 부모가 동반 성장하는 교육자임을 강조했는지?

왜 '나의 사명은 유아, 청소년, 성인들이 서로 조화를 이뤄가며 각기 꿈을 현실로 만들게 돕는 것이다.'라고 정했는지?

어떻게 쉼 없이 30년 유아 교육자로 행복하게 걸어 올 수 있었는지?

이 모든 것은 에니어그램을 통한 자기 이해로 설명되었습니다.

에니어그램은 아이들뿐만 아니라 사람들의 백 가지 언어와 마음을 읽을 수 있는 마법의 도구인 듯했어요. 너무나 다른 성향의 우리 부부가 왜 콩깍지가 벗겨지지 않고 서로를 존중하면서 살 수 있었는지 이유가 밝혀지는 것 같아 순간순간 감격했지요. 또한 제 주변에 고마운 사람이, 사랑하는 사람이, 소중한 사람이, 멋진 사람이 너무나 많이 있음을 깨닫게 되었으며 감사와 행복한 마음을 느꼈답니다.

에니어그램은 고대 지혜와 현대 심리학이 결합한 것으로 인간의 타고난 본성과 마음을 연구하는 학문입니다. 인간의 9가지 성격 유형 이론으로 성격 유형의 지표이자 인간 이해의 틀이라 할 수 있습니다. 자신의 타고난 성격 유형을 진단하여 자기 자신을 좀 더 이해하고, 자기 행동 근원이 무엇이었는지 자각하여 자신의 핵심적 문제를 있는 그대로 바라보고 '고착화된 신념'을 찾아 극복하도록 하는 것입니다.

에니어그램에서는 중요한 문제나 당면한 급박한 상황에서 본능적으로 힘의 중심 중 하나를 주로 사용하는데, 본능에 의존하면 장형(8, 9, 1유형), 감정에 의존하면 가슴형(2, 3, 4유형), 사고에 의존하면 머리형(5, 6, 7유형)으로 구분된 9가지의 기본 성격 유형으로 이루어져 있어요.

저는 타인의 변화와 성장을 돕고자 하는 1번 개혁가 유형이며 장형이었습니다. 장형이라 추진력이 있고 행동 실천력이 빠르고 좋습니다. 어떤 극한 상황에 접했을 때는 원칙과 진정성이라는 가치에 근거하여 결정하지요. 교육 철학과 원 운영의 기본 원칙은 아이가 우선이며 중심이기에 갈등 상황에 놓이거나, 어떤 결정을 해야 할 때는 언제나 '이것이 아이를 위한 것인가?'가 기준선이 되지요. 그러다 보니 신뢰받고 믿음직한 사람이지만 남편으로부터 때때로 융통성이 부족하다는 이야기를 듣기도 했고, 어떤 후배는 제가 유머를 해도 진지해서 논문 발표하는 것 같다고 말해 충격을 받기도 했지요. 하지만 사람들이 성장 변화하려고 하면 아낌없는 후원과 지지를 해 줍니다. 함께 공부하자고 했을 때 하지 않고 한참 뒤 대학원 공부를 하겠다는 남편을 적극적으로 응원하며 입학 전에 제일 먼저 가방을 선물했어요. 또한 학부모님들과 부모 상담을 하다가 부모님들의 잠재된 욕구와 재능을 발견하고 컴퓨터, 사회복지사, 보육교사, 조리사 등 자격증 취득과 취업으로 자기 계발은 물론 봉사와 취미를 찾게 하면서 자존감을 높여 주었지요. 에니어그램을 배우고 나니 저의 이 모든 행동이 이해가 되었답니다.

저의 유형을 뒤늦게 알게 되면서 자녀 문제와 가정 문제에 있어서 아쉽고 미안한 점이 많았다는 것도 알게 되었어요. 나름 유아교육을 전공하고 이론과 실제를 잘 적용하여 자녀를 잘 키우고 행복한 가정이 되기 위해 최선의 노력을 했다고 생각했는데 되돌아보니 자신을 바로 알지 못했기에 가족에게 상처를 주었던 일들과 가족이 저를 배려했던 순간들이 너무나 많이 떠올랐어요. 언제나 내 일이 우선이고 내가 세운 원칙과 기준이 먼저였기에…

'좀 더 일찍 에니어그램을 통해 자신의 무의식적 패턴을 발견하고 자아 구조를 인식했더라면, 자신의 무의식적 집착을 내려놓았더라면, 그동안 자신과 가족을 힘들게 했던 많은 고통을 조금 더 지혜롭게 극복할 수 있었을 텐데…'

에니어그램을 꾸준히 연구하면서 저와 같은 시행착오를 줄이고 아이와 부모가 행복한 성장을 하는 방법은 부모님의 자기 이해에서 시작된다는 확신이 들었습니다. 자신뿐만 아니라 '조화로운 인간관계를 만드는 열쇠'라는 생각이 들었어요. 에니어그램을 통한 올바른 자기 이해로 감정 지능과 관계 지능을 높이고, 자신의 장단점을 파악하여 감정과 상황을 인지하며, 무의식적 집착이나 부정적인 모습을 바로 잡아 행복한 동반 성장이 이루어지도록 돕고 싶었습니다.

부모님 자신의 성장뿐만 아니라 자녀와 다른 사람을 이해하기 위한 지혜의 도구라는 확신으로 '에니어그램을 통한 자기이해', '에니어그램 코칭 맘, 코칭 대디' 교육을 시리즈로 계획하고 에니어그램 전문 교육기관인 한국중앙교육센터 KCLC, 성격자본연구소에서 발행한 에니어그램 검사지 EETI와 프로파일 EETIP를 활용하고, 에니어그램 엄마학교연구소 대표인 김진희 작가의 '엄마가 먼저 알아야 할 에니어그램', '에니어그램 코칭맘' 도서를 참고하여 유형을 설명하고 부모교육을 진행했습니다.

장형은 중요한 문제나 당면한 급박한 상황일 때 힘의 중심을 본능에 의존하는 성격이며 8, 9, 1번으로 본능에 충실히 행동하는 유형입니다.
"선생님 어떻게 그럴 수가 있어요? 그 아이 집은 어디예요?" 앞, 뒤 상황을 묻지 않고 직접적인 감정 표출과 즉시 행동하는 사람이에요.
이들은 장, 즉 배에서 나오는 에너지를 통해 세상을 보고 해석하는 사람들로 자신의 힘과 의지로 주변 상황이나 사람을 통제하려는 지배욕이 있습니다. 지배 욕구가 충족되지 않으면 분노의 감정을 느끼지요.

가슴형은 힘의 중심을 감정에 의존하는 2, 3, 4번이 해당되며 가슴으로 느끼고 행동하는 유형입니다.

"어머! 어머나, 어떡해요. 아이는요? 아이가 얼마나 아팠을까요?" 행동하기 전에 마음으로 감정적 공감을 먼저 하는 사람이에요.

심장, 가슴에서 나오는 에너지를 통해 세상을 보고 해석하는 사람들로 이미지에 관심이 많고, 친절하고 따뜻한 인상을 주고 미소를 잘 짓는 감성파이지요. 타인들에게 관심받고 사랑받으려는 욕망이 있고, 이들은 사랑받고자 하는 욕망이 충족되지 않으면 수치심의 감정을 느낀답니다.

머리형은 힘의 중심을 사고에 의존하는 5, 6, 7번이 해당하며 머리로 이해하고 행동하는 유형입니다.

"그 상황에 선생님은 어디 계셨나요? 똑같은 일이 두 번 다시 일어나지 않도록 해주세요." 감정에 치우치지 않고 논리적인 근거를 따지며 행동하는 사람이에요. 이들은 뇌에서 나오는 에너지를 통해 세상을 바라보고 해석하는 사람들로 비교하고 분석하며 매사 객관적이고 논리적인 근거가 중요한 이성파입니다. 미래의 안전에 관심이 많고 만물의 이치를 머리로 이해하여 그 의미를 찾으려는 명예욕이 있어요. 생각할 시간과 공간이 필요하고 명예 욕구가 충족되지 않으면 두려움과 불안 감정을 느낀답니다.

에니어그램은 자신을 알고 타인을 깊이 이해할 수 있는 도구로서 자기 자신을 이해하는 것이 우선이지요. 자기 생각과 느낌, 행동 패턴을 발견해서 무의식적·자동반사적 반응을 멈추게 하는 것, 나와 다른 상대를 이해하고 수용해 성숙한 인간관계를 맺도록 하는 것, 내가 아닌 다른 사람의 다양한 성격을 이해하고 유형마다 행동 동기가 다르다는 것을 아는 것입니다.

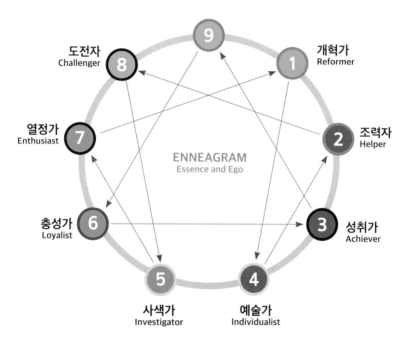

〈한국중앙교육센터 KCLC, 성격자본연구소 에니어그램 프로파일 EETIP〉

사람은 9가지 성향을 다 갖고 있지만, 그중 특정 패턴이 강한 유형을 기본성격으로 보며, 유형과 각 유형의 연관성을 위와 같이 표기합니다. 위에서 보듯이 9가지 번호의 각 기본 성격 유형이 있고 그 양쪽의 번호인 날개 유형을 활용하고 화살표의 방향에 따라 에너지를 주고받으면서 영향을 미칩니다. 일반적으로 9가지 성격 유형 설명은 장형(8, 9, 1), 가슴형(2, 3, 4), 머리형(5, 6, 7) 순서로 합니다.

8유형

적극적이고 진취적인 도전자 (열정과 자신감이 넘치는 영향력 있는 부모)

"나가자, 싸우자, 이기자."

8유형은 강력한 힘을 갖고자 집착하는 도전적인 성격으로 '할 수 있다.'라는 자신감이 충만한 행동파입니다. 본능적으로 빠른 판단과 신속한 추진력으로 어떠한 어려움도 이겨낼 수 있는 용기와 힘을 가지고 있지요. 자신이 강한 존재라는 것을 과시하려고 과장 되게 행동하기도 하며 확신이 서면 '불가능은 없다.'라는 신조로 밀어붙이고 보는 편입니다. 조직이나 단체, 가정에서도 리더 역할을 맡으며 불의를 보면 참지 못하고 정의감에 불타서 피해자와 약자를 보호하는 의리 있는 사람이기도 합니다. 그러나 다른 사람에게 지시나 통제받는 것은 싫어해요. 그러면서 자신은 다른 사람을 지시하고 통제하며 강력하고 지시적인 명령조로 말하며 따르기를 강요하지요. 특히 자기 뜻대로 되지 않으면 감정 조절을 하지 못하고 불같이 화를 표출합니다. 이때 상대에게 큰 상처를 주고는 정작 자신은 아무 일 없었다는 듯이

다 잊고 있는 경우가 많습니다.

8유형 부모님은 책임감이 강하고 추진력이 있기에 자녀의 재능을 열성적으로 지원하는 영향력 있는 부모입니다. 그러나 자녀의 감정과 정서를 고려하지 않고 자기중심적으로 지시하고 통제할 경우 자녀들이 위축되거나 상처를 받게 되지요.

"아이고 답답해. 왜 우물쭈물하고 있어? 이렇게 하면 되잖아."

자녀의 행동 수정을 위해서는 이런 강함으로 아이를 다그치거나 위협, 지시, 통제하지 말고 부모의 부드러운 면을 느낄 수 있도록 세심하게 배려해 주어야 해요. 우선 아이를 존중하고 수용해 주어야 해요. 그리고는 기회를 주고 기다려야 합니다.

8유형의 부모님은 조용히 혼자만의 시간을 가지면서, 자신이 모든 것을 통제해야 한다는 지배 욕구와 강해야 한다는 집착을 내려놓아야 합니다. 모든 일을 부모님이 결정하고 부모님 의지대로 행동하기보다는 타협과 양보, 기다림이 매우 중요하다고 생각하고 상대방의 말을 끝까지 듣고 말을 하는 것과 어떤 일을 지시하기 전에 먼저 모범을 보이면서 자녀가 따라오도록 유도하는 것이 좋아요. 행동하기 전 긴 호흡을 한번 하면서 자신의 감정을 추스르고 '반사적인 충동과 즉각적인 행동을 억제해야지. 아이의 말을 끝까지 경청해야지. 아이의 재능을 격려해 줘야지.'라고 다짐을 무한 반복해야 합니다.

선택과 결정, 행동이 빠르고 답답한 것을 견디기 힘들어하는 8번 유형의 부모님은 순간순간 자신의 감정을 추스르고 소중한 아이에게 이렇게 말해 주세요.

"네 생각은 어떠니?"
"아, 네 생각이 그랬구나!"
"천천히 말해도 괜찮아."

9유형
수용적이고 평화롭고 싶은 화합가 (안정감과 여유로움으로 수용적인 부모)

"네… 글쎄요. 저는 괜찮아요. 음…"

9유형은 모든 사람과 평화롭게 잘 지내고자 하는 화합가의 성격이에요. '좋은 게 좋다.'라는 생각으로 표현을 잘 하지 않기에 '예스 맨'으로 불리기도 하지요. 삶이나 생활, 인간관계에 있어서 갈등이 생기는 것을 바라지 않기에 다른 사람들의 말을 잘 들어주고 수용합니다. 그러기에 대부분의 사람이 편안하게 생각하지요. 단체나 조직에서도 전체의 흐름을 파악하나, 나서지 않고 잘 동의하기 때문에 많은 사람과 우호적으로 원만한 관계를 형성하지요.

그러나 사실은 갈등을 피하고 평화로움을 찾기 위해서 속마음은 불편하면서도 거절이나 결정을 하지 못하는 것이지요. 선택이나 결정을 미루기에 자신감과 자존감이 낮기도 합니다. 반면 자신이 진정으로 원하지 않는 일에는 은근한 고집이 있어서 드러내고 거절을 하지는 않지만 결국은 자신이 원하는 대로 하는 사람들이기도 합니다.

"네가 알아서 해", "네 뜻대로 해."

9유형의 부모님은 느긋하고 편안하게 아이들의 세계를 이해하고 수용하는 부모로 자녀와 갈등 없이 믿고 기다려주는 관대한 부모입니다. 자녀 양육에서도 조용하고 안정적이며 큰일 없이 순조롭게 이어지길 바라지요. 아이들끼리 갈등이 있어도 '저러다 말겠지.'라며 그냥 두거나 아이들의 행동에 민감하게 반응하지 않습니다.

9유형의 부모님은 자녀를 통제하거나 다그치지 않는 경우가 많은데 자녀에게 해도 되는 것과 안 되는 것은 명확하게 구분해 줘야 합니다. 친구들과 갈등을 가만히 둔다면 자녀의 행동 수정의 기회가 없어지며 아이를 방임적으로 키우는 것과 비슷할 수 있지요. 문제를 직시하고 매사에 적극적인 자세로 개입할 필요가 있어요. 특히 문제가 발생하거나 위기시에는 단호하고 일관성 있게 표현해야 합니다. 육아에 있어서 분명한 원칙과 기준을 정하는 것도 중요하기 때문입니다.

"너를 봐주지 않아서 화가 났구나. 화가 났다고 친구를 때리면 안 돼! 화가 난 이유와 너의 마음을 말로 알려줘야 하는 거야."

9유형 부모님은 갈등 없이 아무 일도 일어나지 않고 늘 평화로워야 한다는 집착을 내려놓아야 합니다. 부모님 자신부터 명확한 목표를 세우고 우선순위를 정해 놓고 중요한 일부터 하는 것이 좋습니다. 양육에 있어서 기준이 불분명하여 결정을 주저하게 되면 자녀 역시 감정과 의사 표현을 잘하지 못하게 될 수 있답니다. 결코 자기 생각이나 의견을 명확히 밝혀도 갈등이나 대립이 생기지 않는다는 것을 깨닫고, 해야 할 말을 억누르지 말고 자신의 의도를 분명하게 표현하세요. 부모님 자신이 스스로 답답하다고 느끼는 것을, 자녀들도 보고 느낀답니다. 자녀를 위해서라도 결정할 때 시간이 오래 걸리더라도 '예, 아니오.'라고 표현해 보세요.

"그것도 좋습니다만, 저는 다른 방법이 있습니다."

1유형
올곧은 완벽주의 개혁가 (원칙과 공정함으로 헌신하는 이상적인 부모)

"선한 목적을 가지고 최선을 다하면 이루어진다."

1유형은 원칙적이고 도덕적이며 옳고 그름을 따지며 완벽을 추구하는 성격입니다. 원칙에 따라 모든 일을 공정하게 처리하려고 노력하며, 강한 정의감으로 세상을 바로 잡으려는 개혁가지요. 특히 사적인 이익이나 안위보다 공적인 이익을 먼저 생각하는 강한 책임감으로 일을 추진하기에 많은 사람에게 신뢰를 받습니다.

1유형은 규칙적인 생활을 하는 타의 모범이 되는 모범생으로 사회적 규범과 질서를 준수하며 잘못된 것은 바로잡고 가르치려 해요. 진정성과 윤리적 기준과 이상이 높으며 자신과 타인에 대한 기대 수준도 높습니다. 될 때까지 끝까지 노력하기에 실행력과 성공률이 높습니다. 그러나 현실적으로 불가능한 것을 완벽하게 하려 하기에 늘 정신적, 신체적으로 긴장하고 있으며, 자신과 타인을 모두 힘들게 할 때가 있어요.

1유형 부모님은 일과 가정에 있어서 모두 충족시키는 이상적인 부모가 되길 원하지요. 자녀를 위해 헌신적으로 노력하고 부족함 없이 충족시켜 주려 합니다. 공정한 자세로 아이들을 양육할 뿐만 아니라 도덕적이고 이상적인 역할을 하는 모범적인 부모입니다. 그러나 스스로 완벽하기 위해 긴장을 많이 하며, 잘못된 것을 바로잡기 위해 지나치게 엄격한 원칙과 잣대를 가지고 충고를 하지요. 감정을 참았다가 표현하는 유형이다 보니 시간이 경과한 후에도 자녀의 행동 수정이 이루어지지 않거나, 사소한 원칙들이 지켜지지 않아도 잔소리를 하게 되는데 이때 아이들은 많이 위축되고 도덕적 강박을 느끼게 되지요.

"왜 이렇게 지저분하니? 사용한 후 제자리에 갖다 놓아야지."

1유형 부모님은 가족과 자녀에 대해 완벽해야 한다는 집착을 내려놓아야 합니다. 완벽하지 않은 것에 대해 느끼는 분노를 깨닫고, 그 감정을 억누르지 말고 느끼는 대로 건강하게 표현해 주세요. 자기만의 높은 이상과 기준을 내려놓고 타인을 고치려 하지 말고 나와 다름을 이해하고 받아들이며 존중해 주어야 합니다. 자녀의 작은 실수나 결점은 넘어가 주고, 눈높이와 기준을 조금 낮추어야 해요. 자신과 다른 행동과 표현 방식을 인정하고 자녀의 긍정적인 부분을 찾아 칭찬과 격려를 해 주세요. 또한 부모님 자신을 돌봐야 합니다. 때때로 자신을 위해 자연을 즐기거나 운동을 하며 마음과 근육을 편안하게 이완시켜 주세요.

자신과 자녀에게 "괜찮아, 열심히 했다는 걸 알고 있어."라고 자주 말해 주세요.

2유형
자상한 사랑주의 조력자 (사랑이 많고 관계가 좋은 대표 모델인 부모)

"무슨 일 있으세요? 어디 아프신가요?"

2유형은 다른 사람에게 도움이 될 때 자신이 가치 있는 사람이라고 믿는 조력자입니다. 사랑이 많고 따뜻한 마음으로 타인을 잘 도와주고 상대의 감정에 공감하고 남들이 무엇을 필요로 하는지 금방 알아차려 그것을 충족시켜 주려 하지요. 타인을 통해 자신의 가치를 인정받으려는 유형으로 사람들이 자신의 도움에 감사를 표현할 때 힘이 나는 것을 느낍니다. 그러나 도움을 받은 사람이 감사한 마음을 표현하지 않으면 많이 서운해하며 쌓아둔 감정을 표출하지요. 이들은 삶에 있어서 가장 중요한 것을 인간관계 속에서 사랑을 주고받는 것으로 생각하기 때문입니다.

2유형 부모님은 따뜻한 부모상으로 대표 부모 모델이라고도 하며, 아이를 헌신적으로 보살피는 '천사표' 부모라고도 합니다. 아이의 필요 욕구를 빨리 알아챌 뿐만 아니라 아이와 끈끈한 관계 형성을 잘하고 아낌없이 사랑과 칭찬을 보내며 자녀 양육에 애정을 쏟지요. 자녀에게 하나부터 열까지 다 챙겨주고도 부족한 게 없는지 살피며 아이에게 눈을 떼지 못하고 불안해하지요.

"응, 준비물? 엄마가 챙겨서 가방에 넣어 두었지."

2유형 부모의 과도한 애정과 돌봄으로 자녀가 할 수 있는 것도 부모가 해 주는 경향이 있는데 이러한 행동은 자녀가 스스로 할 수 있는 기회를 놓치게 하지요. 과잉 애정과 행동은 아이들이 스스로 할 수 있는 기회를 받지 못해 자립심과 자율성 발달을 지연시킬 수 있어요. 자녀가 마마보이가 되지 않도록 양육에 있어서 넘치는 사랑과 과도한 도움은 점검해 보아야 해요.

'내가 자녀와 주변 사람을 보살피고 양보하며 도와주는 것이, 나도 타인의 관심과 사랑을 간절히 바라기 때문은 아닌가?'

지나칠 정도로 주변 사람들을 관찰하고 관심을 가지는 2유형은 다른 사람이 나를 사랑하게 만들려면 도움을 주어야 한다는 집착을 내려놓아야 합니다. 자신을 사랑하는 것이 우선입니다. 혼자만의 독립된 공간과 시간을 가지고 자신의 욕구도 들여다볼 수 있어야 해요. 자신도 사랑받고자 하는 강한 욕구가 있지만 표현하지 않다가 상대가 감사의 표현이나 긍정적 반응을 하지 않으면 감정적 폭발을 하고 있다는 것을 알아차려야 해요.

2유형의 부모님은 자신에게 진정 필요한 것이 무엇인가를 생각하고, 아이가 스스로 할 수 있도록 뒤로 물러서서 간섭하지 않도록 해야 합니다. 아이에게 꾸밈없이 솔직하게 원하는 것을 요구하고 협력을 요청하세요. 강한 소유욕과 질투심도 건강하게 표현할 수 있도록 노력해 보아요.

자신에게 "나는 사랑을 받고 있어, 나는 소중한 사람이야."라고 말해 주세요.

3유형

최선의 효율주의 성취가 (능력 있고 적극적인 롤 모델인 부모)

"할 수 있다. 할 수 있다. 나는 할 수 있다."

3유형은 모든 일을 성공적으로 이끄는 적극적인 행동가입니다. 자신이 원하는 것을 얻기 위해 긍정적인 사고로 실천하지요. 급박한 위기나 어려운 상황이 와도 능동적으로 잘 대처하는 능력자입니다. 성취를 위해 목표를 세우고 목적을 달성하기 위해 대단한 노력을 하며 언제나 좋은 결과와 실적을 올리기에 늘 탁월함을 인정받습니다. 또한, 다른 사람들에게도 동기부여를 잘하며 리드하지요. 다양한 이미지를 연출하며 말솜씨도 뛰어나고 상황에 맞게 자신을 잘 표현하는 팔방미인이라고 불리며 멋스럽고 스마트합니다. 현실 감각이 뛰어나며 자신감과 추진력이 있어 짧은 시간에도 많은 성과를 올리는 효율적인 업무 처리로 늘 인정받습니다. 사회적 지위와 개인적 성공을 위해 효율성을 강조하는 이들은 타인의 무능이나 비효율성을 한심하게 보거나 무시하기도 하지요. 이때 주변 사람들에게 '감정이 메마른 사람, 가깝지만 먼 사람'으로 보여서 일적인 관계에서는 능력자로 인정되지만 따뜻한 인간관계로 이어지지는 않는 경우가 많습니다.

　3유형의 부모님은 자신의 성공뿐만 아니라 아이의 성공을 위해서도 적극적으로 지원해 주는 부모입니다. 무엇이든 잘하는 부모로 자녀에게 존경을 받지요. 저녁 준비를 하면서도 아이의 과제나 준비물을 점검하고 아이가 잠들기 전 동화를 들려주는 등 아이와 함께해야 하는 시간도 놓치지 않아요. 하나하나 계획하고 실천하기 위해 최선의 노력을 하면서 자녀에게도 격려와 농기부여를 잘해 자녀가 다양한 영역에서 성공적인 역할을 할 수 있도록 적극적으로 돕습니다.

그러나 지는 것을 싫어하고 욕망이 커서 자신의 기준으로 아이를 양육하기에, 부모의 과도한 욕구로 자녀를 주눅 들게도 하고, 자녀가 자신의 욕구에 미치지 못하면 부모 스스로 좌절하기도 합니다.

"내가 먼저 알아야 해, 내가 더 잘해야 해."

3유형 부모님은 무의식중에 사고하고 행동하는 성공에 대한 집착과 무한 질주 본능과 경쟁심을 내려놓아야 합니다. 자신이 먼저 알아야 하고 더 잘해서 남에게 성공한 사람으로 보이기 위해서가 아니라, 진정한 자기 자신의 성장이 되는지를 알아차리려야 합니다. 아이에게 결과도 중요하지만, 즐기고 노력하는 과정도 중요하다는 것을 인정하고 아이가 스스로 선택하고 도전하도록 기회를 주세요. 긍정적인 사고와 적극성으로 진정 자신이 원하는 것이 무엇인지를 생각해 보아야 합니다.

"멈추면 사람이 보입니다." 자신과 타인의 선함을 바라봐 주세요.

4유형
독창적인 아웃사이더 예술가 (예술적 감각, 공감 능력 있는 매력적인 부모)

"평범한 것은 싫어요. 나는 특별하니까요."

4유형은 남과 다른 독특함과 고유한 정체성을 추구하는 성격입니다. 평범하고 일상적인 것, 반복적이고 획일적인 것, 무의미하고 개성이 없는 것을 싫어하지요. 다른 사람과는 다른 특별한 사람이 되고 싶어 하며, 다른 사람과 비슷해지는 것은 자신의 정체성을 잃게 된다고 생각합니다. 평범하거나 순수한 것보다는 컬러나 디자인이 독특한 것을 좋아하지요. 섬세하고 감수성이 풍부하여 공감하는 능력과 감각이 뛰어납니다.

4유형은 자신의 감정에 충실하기에 감정 기복이 심하고 자신의 긍정적인 면을 보지 않고 부족한 부분을 보면서 스스로 상실감과 좌절감에 빠져 우울해합니다. 다른 사람이 자신을 이해하고 받아주기를 바라며 그것이 충족되지 않으면 상처를 받고 더 우울한 감정에 빠지기도 하지요. 진정으로 자신을 이해한다고 느끼는 사람들과는 깊이 교류하지만 그렇지 않은 사람들에게 마음을 닫습니다. 4유형은 다른 사람과 차별화하기 위해 새로운 것을 추구하고, 남과 다르기 위해 끊임없이 갈구하지요. 또한, 자신에게 없는 것을 다른 사람이 가지거나 누리면 인정하지 않고 비방하거나 깎아내리는 등 질투를 한답니다.

창의적이고 미적 감각이 있는 4유형 부모는 아이들과 교감하고 공감하는 능력이 탁월합니다. 아이들이 행복하게 생활하도록 도울 뿐만 아니라 미적 감각과 창조성을 북돋아 주는 창의적인 부모이지요. 특별한 것을 좋아하는 이들은 아이들에게도 다른 아이들이 입지 않는 독특하고 튀는 옷을 입히는 것을 즐깁니다. 또한, 아이들에게도 섬

세하고 풍부한 감수성으로 슬픔이나 기쁨의 감정을 남다르게 표현하는데, 아이들을 정서적으로 따뜻하게 대하다가도 가끔 자신의 감정을 주체하지 못해 아이들에게 정서적 압박감을 주기도 하지요. 자녀 양육에서 아이들에게 자신이 좋을 때는 아주 친절하고 따뜻하지만, 자신이 우울할 때는 다가가기 힘든 존재가 되기도 합니다.

4유형의 부모님은 자신이 남과 다르다고 생각하는 것과 그것에 대한 집착을 내려놓아야 합니다. 감정적으로 슬프고 우울한 자기감정을 빨리 알아차리고 자신을 바라봐야 해요. 그리고 자녀를 위해 결정을 감정에 의존하지 말고 일관되게 행동하는 것이 필요합니다. 상상과 환상에서 벗어나 현재 자신의 모습과 행복을 인정하고 감사해야 한답니다. 자기감정을 다 표출하려 하지 말고, 실용적인 정보를 활용해 표현하면서 자신의 감정뿐만 아니라 자녀의 감정도 공감하고 존중해 주어야 합니다.

"지금 내 감정이 왜 이러지? 내가 무엇을 하고 있는 거지?" 알아차리세요.

5유형
현명한 관찰자 사색가 (지적이며 차분하고 논리적이고 이성적인 부모)

"이게 뭐지, 왜 그럴까?"

5유형은 지적 호기심이 강하고 지식을 추구하는 성격입니다. 일상에서 일어나는 많은 현상을 그대로 지나치지 않습니다. 자신을 둘러싼 사물이나 사람들을 객관적으로 관찰해요. 이성적이고 논리적인 이들은 사물을 깊이 바라보는 통찰력이 있어 정확하게 판단하고 현명하게 결정을 내립니다. 철저한 조사와 정보 수집으로 항상 준비를 완벽하게 하지요. 말수가 적고 차분하며 신중하여 문제를 분석하고 핵심을 파고드는 집요함도 있어요. 자신이 관심 있는 분야에는 집중하기 때문에 깊이 연구하고 전문적 지식을 갖추기도 해요.

5유형의 사람들은 지적 호기심이 많아 '아는 것이 힘'이라고 생각하지요. 자신이 지혜로운 사람, 현명한 사람, 똑똑한 사람으로 불리기를 원한답니다. 또한, 자기만의 방식으로 혼자만의 공간에서 생각하고 정리하고 싶어 하지요. 조용하고 조심스레 행동하기에 겉으로는 얌전해 보이지만 내면은 여러 생각들로 복잡하기에 에너지 소비가 많아 신체적 피로감을 다른 사람보다 더 빨리 더 많이 느낀답니다. 그래서 사람이 많은 곳에는 되도록 가지 않으려 하고 싫어합니다. 이성적이고 객관적인 사람으로 세상에 쓸모 있는 사람이 되기 위해서는 알아야 하고, 알기 위해서는 먼저 관찰해야 한다고 여기며 어떠한 상황에서는 한 걸음 뒤로 물러나 객관적으로 살피고 관찰합니다. 나서지 않기에 사람들의 눈에 확 띄지 않는 경우가 많지요.
"이 상황은 뭐지, 이럴 때는 어떻게 하지?"

어떠한 일에서도 먼저 상황과 자신을 분리하고 머리로 생각합니다. 빌 게이츠나 이건희 회장처럼 혼자만의 조용한 공간에서 시간을 가지고 논리적으로 생각하고 분석하고 정리하지요.

5유형 부모님은 논리적이고 이성적인 부모로 아이들에게 합리적이고 사고력을 높여주는 교육을 합니다. 아는 것이 많고 현명한 유형으로 간섭을 최대한 자제하고, 차분하고 조용하게 지켜봐 주는 부모이지요. 통찰력이 있어 자신과 자녀의 관심사를 깊이 바라보며, 자녀 양육과 생활면에서도 탐구적인 자세를 보이지요. 자녀의 마음이 궁금하고 알고 싶지만, 적극적으로 다가서지 않고 한 걸음 물러나 관망하는 유형입니다. 부모님들의 소극적인 행동과 지나친 침묵은 자녀에게 거리감을 느끼게 해서 문제가 되기도 하지요. 사회생활에서 인간관계를 소홀히 하는 측면도 있고, 자녀의 사회성 향상에도 다소 소극적인 자세를 보입니다. 친한 사이라도 예고 없이 집을 방문하면 거부감을 느끼며 불편해하지요. 어떠한 일이든 머리로 이해가 되어야 행동에 옮기는 사람들이기에 행동하기까지 시간이 오래 걸리기도 해요.

5유형의 부모님은 세상의 모든 것을 알아야 한다는 집착에서 벗어나야 합니다. 진짜 아는 것은 행동이나 직접적인 경험에서 나오는 경우가 많기 때문이지요. 자녀는 물론이고 다른 사람과의 관계에서도 멀리서 관망하지 말고 적극적으로 개입하고 소통하고 공감하며 교류하는 것이 중요합니다. 상황도 중요하지만, 사람의 감정을 읽고 공감

140

해 주는 감성 지능을 높여 주세요.

"아는 것이 힘이지만, 진짜 아는 것은 행동과 경험을 통해서 이루어진다."라는 것을 기억하세요.

6유형
성실하고 책임감 있는 충성가 (책임감이 강한 헌신과 노력하는 부모)

"안전한가요? 한 번 더 확인해 주세요."

6유형은 성실하고 책임감 있으며 안전을 추구하는 성격입니다. 책임감이 강하고 가족과 동료, 조직에 충실하며 한 번 맺은 사람들과는 오랫동안 관계를 지속합니다. 바른 생활을 하지만 생각이 많아 미래에 대한 걱정과 두려움이 있어 좋지 않은 일이 발생하지 않도록 예방책을 세워 대비하는 경향이 있지요. 이들은 진실하고 성실하고 친절하지만 여러 요소를 고려하기 때문에 마음을 다 내비치지 않고 결정을 잘하지 못해 우유부단해 보이기도 합니다.

6유형은 전통과 규칙을 잘 지키는 모범석 유형으로 자신이 믿고 따르는 조직의 정해진 룰 안에서 맡은 일은 책임감을 갖고 성실히 최선을 다하고 마무리하기에 타의 모범이 되지요. 윗사람에게 순종적이며 구성원에게는 배려와 이해로 원만한 관계를 이어갑니다. 자신의 이익보다 공동의 이익을 위해 노력하고, 법과 규칙을 중요하게 여기며 잘 지킨답니다. 이들은 '안전제일주의'로 철저한 대비를 습관화하고, 안전한 삶을 위해 끊임없이 준비하는 유비무환의 정신이 바탕에 깔려 있어요. 안전한 곳이라는 확신이 서면 충실한 충성가가 됩니다. 그러나 안전 지향을 우선으로 하다 보니 모든 것에 일단 의심하고 난 후 확인하는 습관이 몸에 배어 있지요. 상대의 말이나 들은 것, 상황을 의심할 뿐만 아니라 자신에 대한 확신도 부족하여 자꾸 묻고 확인하기도 한답니다.

"이게 맞습니까? 확실한 것이죠?"

6유형의 부모님은 늘 근심과 걱정이 많지만, 부모로서 책임을 다하려고 노력하는 성실한 부모이지요. 아이들도 규칙과 질서를 잘 지키며 공동체에서 안전하게 잘 생활하도록 꼼꼼하게 챙겨주는 부모입니다. 특히 건강이나 개인위생에 민감하며 아토피나 알레르기에 민감하게 반응하며 아이들과 가족을 지키려 하지요. 미래를 대비할 수 있도록 아이들을 우선으로 생각하며 현명하게 교육하는 부모이기에 아이들로부터 믿음과 신뢰를 받습니다. 그러나 세상은 위험한 곳이라 여기기에 자녀 양육에 있어서도 늘 조심할 것을 당부하고 끊임없는 걱정과 불안, 질문으로 아이들과 가족이 피곤해할 수 있답니다. 아직 닥치지도 않은 미래에 대한 지나친 걱정과 근심은 아이들을 힘들게 할 수 있다는 것을 기억해야 합니다.

6유형의 부모는 모든 외부 환경을 불안하게 생각하는 것을 극복하기 위해서는 자신의 내면에 있는 감정적 불안을 내려놓아야 합니다. 내면의 불안을 해결하지 않으면 외부에서 안전을 찾기는 어렵기 때문이지요. 이 세상에는 앞으로 일어나지 않을 일이 90%이고 앞으로 일어날 일이 3% 미만이라는 연구 결과도 있다는 것을 기억하고, 자신을 믿고 생각한 것을 행동으로 실천하면 된답니다.

"나는 현명하고 지혜롭고 재치 있으며, 비상사태나 위기 상황을 극복하는 능력까지 갖추고 있다."라는 것을 잊지 마세요.

7유형
밝은 낙천주의 열정가 (즐겁고 재미있는 친구 같은 부모)

"다 잘 될 거야. 무슨 일이 있을라고?"

7유형은 인생을 재미있고 즐겁게 살고 싶은 자유로운 영혼의 성격입니다. 아이들처럼 늘 호기심이 가득하고 긍정적인 에너지가 넘치는 열정가지요. 삶의 재미를 쫓아 바쁘게 살아가는 사람으로 뭐든지 쉽게 배우는 다재다능한 능력이 있어요. 놀기 좋아하고 사람들과 어울려서 하고 싶어 하는 일들이 너무나 많습니다. 에너지가 넘치고 긍정적이기에 주변 분위기를 활기차게 만들며, 유머와 재치로 많은 사람에게 즐거움을 주어 주변에 늘 사람들이 많지요. 틀에 박히지 않은 유연하고 자유로운 사고로 톡톡 튀는 생각을 하고 대처와 대안을 아주 잘 찾기에 어디에 가도 적응할 수 있는 사람들이라고 하지요. 늘 새로운 계획과 재미, 스릴과 모험이 가득한 신나는 삶을 추구한답니다.

7유형은 구속되는 것을 싫어하며 평범하고 변화가 없는 반복적인 것을 싫어하고 쉽게 싫증을 냅니다. 지나치게 재미에 몰두하기에 현실적인 문제에 대해서는 회피하거나 무책임한 행동을 보이기도 하지요. 신중하거나 규범적인 것을 견디기 힘들어하며 슬픔, 꾸중, 상실감 등 고통스러운 감정도 싫어해 외면하거나 무시하는 경우가 많지요. 집중력과 인내력이 부족하여 재미가 없으면 금방 싫증을 내고 그만두기에 시작은 늘 활기차나 끝은 흐지부지하게 될 때가 많습니다.

"자~ 떠 ~나자. 동해 바다로."

7유형의 부모는 항상 즐겁고 유쾌하며 긍정적인 에너지가 넘치지요. 자녀와도 친구처럼 자연스럽고 편안하게 지냅니다. 격려와 칭찬을 통해 긍정적인 마인드를 갖도록 교육하며 다양한 경험을 하도록 기회를 많이 제공하는 부모입니다. 자녀와 놀이할 때는 온몸으로 놀이를 하지요. 그러나 부모로서 모범을 보이거나, 자녀가 잘 판단하고 인식할 수 있도록 지도하는 것은 미흡합니다. '하다가 안 되면 말고'라는 마음과 '용두사미' 형태로 시작은 쉽게 하고 흥미가 없으면 빨리 포기하는 것과 말과 행동의 불일치는 자녀에게 부정적인 영향을 주기 때문입니다. 장난기 있는 호기심은 가족과 자녀를 피곤하게 하고 귀찮게 할 수 있다는 것을 인지하고 특히 신경 써야 해요. 특히 일관적이지 못한 생활 태도는 교육적으로도 바람직하지 않을 뿐만 아니라 자녀들의 신뢰를 잃을 수 있답니다.

7유형의 부모님은 즐거움에 대한 집착을 내려놓아야 합니다. 순간을 모면하려 하지 말고 자신의 고통스러운 상황과 직면해야 해요. 힘들고 어려운 것을 무조건 피하고 있지 않은지 돌아보고 알아차리셔야 합니다. 고통과 직면하고 이겨낼 때 인내심과 끈기를 갖게 되지요. 외부에 있던 관심과 재미를 가정으로 가지고 와서 가족을 살피고 자녀들과 약속도 잘 지켜주세요. 평범한 일상에서 즐거움을 찾고, 자신이 해야 할 일과 책임져야 할 것을 받아들여야 합니다.

"문제를 회피하지 마세요. 해결할 수 있습니다." 신중하게 대면하세요.

에니어그램은 단순히 자신이나 타인의 성격 유형을 분류하고 찾는 것이 아닙니다. 자신이 가지고 있는 본질적인 성격 유형을 앎으로 그 틀에서 벗어나 자기 자신을 이해하고 고착화된 신념과 집착을 자각하고 극복하는 것이지요.

자신이 왜 불안한지? 자신이 어떻게 해야 하는지? 이유와 방안을 찾을 수 있게 됩니다. 그러면 자연스럽게 타인과 아이의 내적 동기와 욕구를 읽게 되고 마음을 그대로를 존중할 수 있게 된답니다.

미션: 나의 감정을 알아차리고 화를 내려놓기

자녀의 특성과 유형
《유형별 상호작용 법!》

～～～～～～～～～～～～～～

매일 아침 출근길이 기분 좋습니다. 초등학교 주변 횡단보도 앞, 신호 대기는 은근히 기다려지기도 하지요. 등교하는 아이들과 부모님이 횡단보도를 건너는 모습을 보는 것은 참 즐겁습니다. 아이들의 특성과 성향, 부모님들의 성향이 관찰되기 때문입니다.

앞서 엄마를 끌고 가는 아이.

엄마에게 끌려가듯이 한쪽 팔을 엄마에게 내주고 사방을 살피는 아이.

엄마와 다정하게 손을 잡고 미소를 지으며 가는 아이.

엄마에게 바짝 붙어서 엄마에게 시선을 떼지 못하는 아이.

부모 손을 뿌리치고 먼저 뛰어가는 아이.

부모는 안절부절 따라가고 킥보드로 씽씽 앞서가는 아이.

아이들은 서로 다릅니다. 첫째와 둘째도 다릅니다. 모든 아이들은 다릅니다. 아이들은 유전적 요인과 환경적 요인의 영향을 받고, 타고 난 기질과 양육자와의 애착 형성에 따라 사고하고, 느끼고, 행동하고, 표현하는 것이 다 다르게 나타나지요.

부모에게 성격 유형이 있었듯이 자녀도 개별적 성격 특성이 있습니다. 성격 유형에 따라 부모님들도 상황을 받아들이거나 표현하는 방법이 다르듯이 아이들도 마찬가지입니다. 부모와 자녀 모두 각각 다른 성격의 소유자라고 할 수 있지요.

자녀가 잘되기를 바라는 부모의 마음은 같습니다. 그러나 바람과 다르게 부모님은 아이의 장점이나 강점보다 부족한 것을 먼저 보는 묘한 능력을 갖고 있어요. 이는 부모의 잣대와 성향대로 아이의 행동 수정을 요구하고 기대하기 때문이에요. 자녀를 개별적 존재로 부모와 다름을 인정하고, 부모의 잣대와 성향대로가 아니라 자녀의 성향에 맞추어 키워야 합니다. 자녀의 행동 수정을 강요하기에 앞서 일상생활 속에서 자녀에게 좀 더 관심을 두고 자녀를 세심하고 따뜻하게 바라보며 자녀의 성격 특성을 관찰하는 것이 중요합니다.

서두르지 말고 천천히 따뜻한 마음과 눈빛으로 관찰하면 자녀의 내적 동기와 욕구를 읽게 되고 각각 다르게 표현되는 생각, 마음, 행동과 성격 특성을 발견할 수 있습니다. 은연중에 자신의 성향이 드러나게 되지요. 아이의 생각이나 감정, 행동들이 틀린 것이 아니라 부모님의 성향과 다르다는 것입니다. 틀린 것이 아니라 다르다는 것을 인정하면 자녀의 많은 것을 이해하게 됩니다.

생활 속에서 아이의 행동 특성을 관찰하고 기질을 반영하여 아이의 행동 특성 유형을 활동반응형, 규칙순응형, 통합형, 지구력형으로 제시한 중앙육아종합지원센터의 부모교육 자료를 활용하여 아빠와 엄마를 대상으로 '내 아이 특성 이해 및 효과적인 상호작용' 부모교육을 오전과 오후로 나누어 진행했습니다.

아이의 성격은 부모의 태도와 방법에 따른 양육 환경과 사회 환경에 영향을 받아 행동과 반응이 상황에 따라 달라지기도 하고, 아이가 직접 참여하여 성격을 진단하기도 어렵지요. 그러므로 부모의 성향이나 주관대로 성급하게 규정짓지 말고 '어떤 특성과 반응이 자주 보이는구나.' '어떤 유형에 가깝다.' 정도로 융통성 있게 생각해야 합니다. 아이의 성장과 변화의 욕구를 존중하기 위해서 내 아이의 특성을 알고, 유형을 예측하고 효율적인 상호작용을 하는 부모의 역량과 지혜가 필요합니다.

첫 번째 '활동반응형'은 "와, 이건 뭐지? 요것도 있네. 얘들아 이리 와 봐." 어린이집에서 교실 환경과 놀잇감이 바뀌면 교실 한 바퀴를 이리저리 분주히 다니며 놀잇감을 찾고, 에너지가 넘치고 활동적인 놀이를 즐기는 행동 특성을 가진 아이입니다. 새로운 것에 관심이 많고 적극적인 아이로 호기심이 많으며 신나게 놀이를 하지요. 새로운 환경이나 낯선 곳에서도 빨리 적응하므로 낯가림이 없는 아이라고 볼 수 있어요. 모르는 학부모님이 오셔도 가장 먼저 인사하고 관심을 보이는 아이랍니다.

"다른 것 하고 싶어요. 재미없어요."
그러나 놀잇감을 선택했어도 금방 다른 놀잇감에 관심을 보입니다. 흥미와 신나는 놀이에 흥분하다 보니 집중도나 지속 정도가 낮으며 비규칙적이고 비사고적인 면이 있어요. 놀잇감에 호기심을 보이나 꺼내놓고 또 다른 것을 찾아 나서기를 반복하지요.

이런 활동반응형인 아이들에게 효과적인 부모의 상호작용법은 주변을 정리하여 아이의 관심이 하나에 집중되도록 하는 것입니다.
"우와! 이거 이렇게도 할 수 있네. 재미있겠는데?"
놀이하기 전 놀이에 대한 준비와 설명을 미리 알려주어 놀이에 집중할 수 있도록 하고 시범 놀이를 통해 자신감을 갖도록 하는 것이 좋아요. 놀이할 때는 놀이 규칙을 제공하고 단순한 놀이에서 복잡한 놀이로 확대하여 흥미와 호기심을 자극해 주세요. 그러면 아이는 놀이에 몰입하게 되고 놀이에 집중하는 시간이 길어지게 됩니다. 또한 옆에서 아이를 격려하며 자율적인 참여를 지지해 주어야 해요.

"와! 역시, 끝까지 다하고 정리까지 했네. 완성! 하이파이브."

활동반응형 아이들이 놀이에 끝까지 참여할 경우 스티커, 하이파이브, 스킨십등 신체적 보상이나 시각적인 보상을 제공하면 매우 효과적입니다.

두 번째 유형은 '규칙순응형'으로 등원하여 교실 환경이나 놀잇감이 바뀐 것을 보고 살짝 미소를 지으며 호기심을 보이나 친구들이 먼저 놀이하는 것을 보고 천천히 새로운 놀잇감을 탐색하는 아이입니다. 환경의 변화나 낯선 곳에서 주춤하거나 부모님 곁에서 머물러 있는 아이들이라고 볼 수 있으며, 조심성이 많고 신중하며 낯가림이 있어서 초반 적응이 어렵고 새로운 도전에 시간이 필요하지요.

"너도 엄마 옆에만 있지 말고 친구들한테 가서 놀아. 왜 그러니?"
놀이 참여를 빨리하지 못하는 자녀를 향해 재촉하거나 답답해하며 감정을 표출하는 부모가 많습니다. 그러나 규칙순응형 아이는 조심성이 있고 신중하여 처음에 적극적 반응을 표현하지 않을 뿐이에요. 조용히 탐색하는 데 시간이 필요한 것이에요. 규칙성이 있고 계획적이고 사고적이기에 어디를 가든 예의 바르게 행동하고 바른 태도를 보이지요. 부모님이 서두르거나 독촉하지 않는 것이 중요해요.

효과적인 부모님의 상호작용법은 함께 하는 공간이 편안하며 정서적 안정감을 느낄 수 있도록 하는 것입니다. 새로운 환경이나 놀이공간에서 아이의 손을 잡고 천천히 둘러보는 것이 좋답니다.

"뭐가 있을까? 이것 좀 봐."

어린이집에서도 규칙순응형 아이는 등원하여 놀이를 빨리 선택하거나 친구들이 놀이하고 있어도 즉시 합류하지 않지만, 친구들의 놀이 상황이나 놀잇감을 천천히 다니며 탐색합니다. 이런 규칙순응형 아이에게 친구들이 부르거나 손을 잡고 놀이에 참여하자고 하는 경우가 많지요. 그러나 시간이 경과하면 스스로 선택하여 자율적으로 놀이하며 몰입하기에 다른 친구들까지 모이게 한답니다.

"천천히 살펴보고 네가 하고 싶은 것을 하렴."

놀이 전 놀이를 탐색하고 선택하기까지 시간이 많이 필요한 아이들이기에 탐색의 기회를 충분히 제공해 주어야 해요. 가정에서 놀이할 때에는 부모님의 모델링 활동 지원이 아이의 놀이를 확장시키고 다양한 놀이를 스스로 충분히 즐기게 해 줍니다. 아이의 탐색과 호기심 표현과 반응에 부모님은 즉시 긍정적 반응이나 질문으로 격려해 주어야 해요. 그러면 친숙한 활동에서 확장된 놀이를 전개하고 즐기게 된답니다.

"네가 그것을 하고 싶었구나. 네 생각이 아주 멋졌어!"

규칙순응형의 아이에게 새로운 공간에서 놀이 경험을 제공하고, 놀이를 경험한 후에는 부모님의 칭찬, 격려의 말, 따뜻한 눈빛의 정서적 보상이 매우 효과적입니다.

세 번째 유형으로 '통합형'의 특성은 어디에서나 적응을 잘하고 감성이 풍부하며 친화력을 발휘하여 활동성과 정서성이 높습니다. 원에서도 가정에서도 스스로 놀잇감을 탐색하고 선택하여 놀이를 즐기는 아이라고 볼 수 있지요. 처음 본 사람들이나 친구들과도 먼저 인사를 나누고 관심을 끌고 받고자 합니다.

"안녕? 나랑 놀자. 이건 내 것, 이건 네 것이야."

그러나 부모님께 칭찬받고 주변의 관심을 받고 모범생이 되고자 눈치를 보며 실수에 대한 두려움이 있어요. 주위 반응이나 자극으로 집중력이 쉽게 무너질 수 있습니다. 또한 눈물로 감정을 호소하는 경우가 많습니다. 착한 아이 증후군이 되기 쉬우니 스스로 선택하고 표현할 수 있도록 해 주세요.

"어떤 놀이가 좋을까?"

"우와! 네가 하고 있는 놀이가 무지 재미있어 보인다."

효과적인 상호작용은 아이가 정서적 편안함을 느끼며 놀 수 있는 환경을 만들어 즐거움을 증대시켜 주는 것이 좋습니다. 놀이 전 놀이에 대한 계획 세우기와 놀이 진행 과정을 설명하고 궁금증을 미리 해결해 주는 것도 좋습니다. 정서적 안정감을 느끼도록 한 번에 하나의 활동을 제공하고 놀이 중 자율적 참여를 칭찬하고 격려해 주세요. 아이의 마음을 읽어 주고 내적 동기를 알아주는 것이 중요합니다.

"우와~! 어떻게 그런 생각을 했을까?"

"마음속으로 하고 있었구나!"

놀이 후 자신감과 자존감을 증진시킬 수 있도록 격려와 칭찬을 아끼지 마세요. 통합형의 아이에게 내적 동기와 욕구를 알아주고 공감을 표현해 주는 것은 매우 효과적입니다. 성취 경험 격려와 부모님의 정서적 긍정적 반응은 자신감, 자존감을 높이고 마음 근육을 단단하게 한답니다.

마지막으로 '지구력형'은 선택하고 결정하는 데 오래 걸리지만 하나를 선택하면 집중하고 놀이를 지속하는 특성이 있는 아이랍니다. 다소 느리고 놀이 활동에 소극적으로 보일 수 있으나, 사고적이며 높은 지속성으로 활동의 집중시간이 길어요. 놀이를 지속하고 집중할 수 있도록 활동 관련된 격려와 질문을 하되 인내심을 가지고 아이의 반응을 기다리며 아이가 편안하게 느낄 수 있도록 해 주어야 합니다.

"이걸 해 볼래? 이거는 어때?"

다소 느리고 더디더라도 아이의 특성을 이해하지 못하고 반복 질문하거나 독촉하면 아이는 놀이에 반응을 보이지 않고 시선을 돌리게 되므로, 아이의 무표정한 얼굴, 단순한 동작이더라도 아이의 성향을 인지하고 따뜻한 미소로 바라보며 지지해 주는 것이 중요해요.

"거기가 맞을까? 우와~ 거기가 맞구나!"

아이의 자율성을 키우기 위한 효과적인 상호작용은 놀이 시작 전 집중할 수 있도록 반응을 기다리고 놀이 선택을 주도적으로 하도록 준비하고 지지해 줍니다. 기다림, 기회 주기, 놀이 규칙 함께 정하기는 아이의 주도성과 자율성을 높여줍니다. 놀이 시 놀이 규칙을 부모님과 함께 정하고 놀이 후 반응을 통해 아이가 결과를 확인하도록 지지하고 아이의 창의적 놀이 제안을 칭찬하여 놀이 과정에 변화를 주는 것은 아이에게 창의력과 성취감을 높여 주고 자신감을 키워주는데 효과적이지요. 아이의 놀이에 부모는 보조적 역할을 하고, 아이가 주도적으로 놀이 결과를 말하고 정리하도록 격려하고 놀이 후 스티커 몸에 붙여 주기, 하이파이브, 스킨십등 시각적인 것이나 신체적 활동성이 있는 보상이 매우 좋답니다.

부모는 아이의 행동 특성을 이해하는 것이 우선입니다. 아이들은 대체로 대표적인 유형으로 행동과 반응이 나타나지만, 상황이나 특성에 따라 여러 유형의 모습으로 나타나기도 해요. 그러므로 자녀의 유형을 단정하거나 확정하는 것이 아니라 행동 특성의 장단점을 있는 그대로 바라보는 것, 자녀의 장점과 강점을 발견하고 칭찬하고 격려해 주어야 합니다.

자녀의 특성 이해와 효과적인 상호작용은 교육자인 부모에게 꼭 필요한 역량입니다.

미션: '나는 네가 좋아'라고 말해 주기

부모 역량 강화 세 가지
《세심한 관찰, 적극적 경청, 진심으로 공감하기》

"아이들은 백 가지 언어를 지니고 있습니다."

레지오 에밀리아 교육의 창립자 로리스 말라구찌(Loris Malaguzzi)의
말이에요.

아이들은 말과 문자로 자기 생각과 상황을 충분히 알릴 수 없답니
다. 하지만 잠재한 백 가지 언어를 가지고 다양하게 표현하고 있어요.
부모가 모르고 놓친 아이들의 다양한 표현인 아이의 백 가지 언어, 생
각, 마음을 읽고 이해하기 위해서 '세심한 관찰, 적극적 경청, 진심으
로 공감하기'는 부모에게 꼭 필요한 역량입니다.

부모는 일상에서 아이의 행동을 세심하게 관찰하고 열린 마음으로
아이의 이야기를 적극적 경청하고 아이의 마음을 진심으로 공감해야

합니다. 이때 아이의 백 가지 언어, 생각, 마음을 읽을 수 있고 이해할 수 있게 되지요. 아이의 다양한 표현을 읽고 공감하며 존중할 때 부모와 아이의 행복한 성장이 이루어집니다.

☆ 세심한 관찰

저는 매일 아침 등원하는 아이들과 인사를 나눌 때 참 행복합니다.
부모님이 출근길에 데려다주는 아이.
걸어서 엄마랑 손을 잡고 오는 아이.
원 운행 차량을 타고 오는 아이.
문을 들어서는 아이들 모습은 매일 매일 새롭고 사랑스럽습니다.
등원하는 아이들마다 눈을 마주치고 인사를 나누면서 마음을 교감하기 때문이지요.

"00이 안녕하세요? 00이 활짝 웃는 모습이 엄청 예쁘다. 오늘 재미있게 놀자."
"00야 오늘 기분이 안 좋은 것 같은데, 슬픈 일 있었어요?"
"00이 열이 조금 있는 것 같네. 머리가 아프거나 어지러우면 이야기해 주세요."
"00야 머리 모양이 바뀌었는데, 와 멋지다!"
"00의 목소리가 활기차서 원장 선생님도 기분이 좋은걸. 고마워."

아이들과 큰 소리로 인사를 나누면서 아이들의 몸과 마음의 건강 상태를 살피고, 아이들의 반응을 세심히 관찰합니다. 바라보고 들어 주고 표현하고 공감하면 아이들도 저를 유심히 바라보면서 달라진 것을 찾아 말하고 자신의 상태를 다양한 방법으로 표현합니다. 서로 바라보는 따뜻한 눈 맞춤으로 기분 좋은 하루를 시작하지요. 등원 인사를 시작으로 다양한 아이들의 모습이 펼쳐집니다. 정리하는 아이, 놀이하는 아이, 화장실에 가는 아이, 친구와 협동 놀이를 하는 아이들의 활동을 세심히 바라보며 관찰하는 것은 매우 중요해요.

긍정적이든 부정적이든 아이들 행동에는 원인이 있어요. 그러나 대부분 결과에 따라 칭찬하거나 질책을 하지요. 이때 아이에게는 칭찬도 질책도 병이 될 수 있습니다. 칭찬과 훈육이 긍정적 효과를 내려면 행동의 원인을 알아야 해요. 행동의 원인은 세심한 관찰로 아이가 그렇게 할 수밖에 없었던 상황과 내적 욕구와 동기를 알 수 있답니다.

같은 공간에 있어도 평소 아이의 놀이를 바라보지 않았던 부모는 아이의 울음소리에 고개를 돌려 넘어진 아이를 바라보면서 행동 결과만 보고 속상한 부모 감정을 담아 표현하게 되지요.

"조심하지 않고 왜 그러니? 앞을 보고 다녀야지, 알았니?"

이런 훈육은 아이와 부모에게 서로 상처를 남기게 되지요. 다음에는 넘어지지 않기를 바라는 부모님의 의도와는 다르게 아이는 자신의 마음도 알아주지 않고 야단치는 부모님 말씀이 귀에 와 닿지 않습니다. 오히려 부모님이 자신을 사랑하지 않는다고 느끼며 자존감이 떨어지고 아이에게 행동 수정이 아닌 상처로 남게 되지요.

하지만 일상에서 언제 어디서나 아이의 행동을 따뜻하게 바라보던 부모님은 아이의 내적 동기를 미리 알아주고 격려해 줍니다.
"엄마를 도와주려고 빨리 오다가 넘어졌구나. 착한 우리 아들 많이 아프지?"
"넘어지면 다칠까 봐 걱정된단다. 조금만 더 조심하자."
자신의 마음을 알아주고 토닥여 주는 부모로부터 자신은 사랑받고 있다는 자존감과 다음부터는 급해도 천천히 다니겠다는 다짐으로 행동 수정이 이루어지게 됩니다.

아이들은 부모님이 의도하고 가르치려고 하는 것 보다 생활 속 일상에서 배우고 자랍니다. 아이들의 행동 수정을 바란다면 아이와 같은 공간에 있을 때 아이를 따뜻한 눈빛으로 바라보세요. 놀이할 때, 나들이를 갔을 때, 외식할 때, 장소를 이동했을 때, 친구들이나 사람들을 대할 때, 먹고 자고 배변할 때, 혼자 조용히 있을 때 등 모든 활동을 따뜻하게 바라보아야 합니다. 세심한 관찰은 숨겨진 아이의 마음을 읽게 되고 행동을 이해하게 되고 아이를 존중하게 합니다.

"네가 먼저 하고 싶었을 텐데 급한 친구에게 양보하는 것을 보았단다. 급한 친구를 배려하는 너의 마음을 칭찬해."

세심한 관찰은 결과보다 아이의 내적 욕구나 동기를 읽을 수 있기에 구체적으로 칭찬할 수 있으며, 따뜻한 격려를 할 수 있지요. 세심한 관찰은 아이 마음에 상처를 주지 않는 예방 주사입니다.

미션: 아이의 놀이를 따뜻하게 바라보기

☆ 적극적 경청

막내가 유아기 때인 것 같습니다. 어린이집 일을 마치고 늦은 시각에 집에 온 저는 몹시 피곤했지만, 막내에게 밥을 빨리 줘야겠다는 생각에 마음이 바빴어요.

"아 배고프다. 배고프지? 엄마랑 밥 먹자."

엄마 배가 고팠던 건지, 아이가 배고팠을까 봐 그랬던 건지, 아이의 대답은 듣지도 않고 무엇을 하고 있는지 보지도 않고 저녁 준비를 했습니다. 아들의 목소리가 들리는 것 같으면 바라보지도 않고 건성으로 대답만 하면서.

"엄마 나 좀 봐요. 내 말 좀 들어 봐요."

어느새 거실에서 혼자 놀이하던 아들은 식탁 의자에 올라서서 조그만 두 손으로 나의 얼굴을 돌리며 외쳤어요. 그때 슬픈 아이의 얼굴과 마주쳤습니다.

"아니 왜 그래? 무슨 일이야? 어디 다쳤어?"

곧바로 폭풍 질문을 했지만 아이는 대답하지 못하고 곧 눈물이 떨어질 것 같은 눈으로 가만히 나만 바라보고 있었어요.

"엄마가 네 말을 못 들어서 미안해. 잘생긴 울 아들 얼굴도 못 봐서 미안해."

아이를 끌어안고서 아이의 감정을 알아차리고 내 마음을 전했지요.

한참 후에 아들은 "엄마는 어린이집에서는 천사야, 근데 집에 오면 마녀로 변신해."

'오~잉, 이게 무슨 뚱딴지같은 말이야.' 싶었지만 아들이 느끼는 마음은 그럴 수도 있겠다 싶어서 웃음이 나왔습니다.

"엄마가 어린이집에서는 천사 같은데, 집에 오면 마녀로 변신한다고?"

웃는 나의 모습을 살피던 아들은

"어린이집에서는 천사 원장 선생님인데요. 집에 오면 마녀 엄마 같아요."

"원장 선생님으로는 천사, 엄마로는 마녀?"

"어린이집에서는 이야기도 잘 들어주고 마음도 잘 알아주고 항상 웃고, 칭찬도 많이 해 주고 우리랑 놀잖아요. 그런데 집에 오면 엄마는 일만하잖아요."

"아, 어린이집에서는 항상 웃으면서 친구들이랑 재미있게 놀고 칭찬하는데, 집에서는 엄마가 같이 놀아주지 않고 일만 했구나."

"네. 나를 보지도 않고 내 말을 들어주지도 않고."

"어머 어쩌나! 아들이 많이 속상했겠다. 맞아, 엄마가 그랬던 것 같다. 미안해 아들. 이제는 집에 있는 엄마도 천사로 변신할게."

한참을 아들 말에 귀 기울이고 적극적으로 들어주며 반응했더니 아들의 마음이 풀렸는지 "지금은 천사 엄마야!"라고 불러 주었답니다.

나름 집에서도 좋은 엄마가 되려고 노력했다고 자신했던 저를 돌아보게 했던 일이었지요. 저도 모르게 집에 오면 쌓인 집안일에 마음의 여유가 없어지고 부모도 교육자라는 생각이 묻히고 말았나 봅니다. 엄마의 두 모습에 아들이 얼마나 혼란스러웠을지 생각하니 마음이 짠했지요. 그 이후 집에 도착하면 먼저 아들의 이야기에 귀 기울이기, 매일 함께하는 놀이 시간 갖기, 언제나 따뜻한 눈빛으로 바라보며 적극적 경청하기를 정하고 실행하는 천사 엄마가 되기로 다짐했었답니다.

대부분 부모님은 아이들이 질문하면 먼저 답을 말하고, 친구와 다툼이 있었다고 하면 다그치며 이유를 묻습니다.

"아빠 이건 뭐예요?"

"응 그건 00이란다."

"엄마 00 사 주세요."

"그건 집에 있잖아. 사 줄 수 없어."

"친구가 나를 때렸어요."

"친구가?", "친구 누구?", "어디를 때렸어?"

아이들은 호기심으로 묻거나, 관심을 끌려고 질문할 때가 많습니다. 이때 지식을 가르치려고 답을 꼬박꼬박 말해 주다가 어느 순간 한계에 달하면 버럭 화를 내거나 아이를 질책하게 되지요. 가르치려 하지 말고 아이의 이야기를 들어주고 함께 방안을 찾아보도록 하는 것이 중요해요. 이때 아이의 눈과 마음을 마주하고 온몸으로 들어주는 경청은 매우 효과적이에요. 적극적 경청은 어렵지 않습니다.

"이것이 무엇인지 궁금하구나?"

"00야 00을 사 달라고?"

"친구가 때렸다고?"

부모님의 우선 반응은 대답이나 질책이 아니라 아이와 시선을 맞추고 아이의 이야기를 들어 주는 것입니다. 따뜻한 눈 맞춤은 아이의 마음을 평안하게 해 주고 사랑받고 있다고 느끼게 해 주지요. 그러면 대부분 답을 알려주지 않아도, 묻지 않아도 아이는 말을 계속 이어가지요. 아이의 말을 경청하고 있다는 것을 확인시키듯 아이의 말과 감정을 한 번 더 반복하여 따라 하는 것만으로도 아이는 스스로 과정을 즐기고 해답을 찾게 된답니다. 말을 듣고 감정을 공감하는 것과 언어적, 비언어적 공감 리액션을 표현하는 적극적 경청은 우리가 생각하는 것보다 훨씬 더 큰 긍정적 효과를 가져옵니다.

"너의 말을 온몸으로 들어줄게!"

미션: 매일 한 번 이상 눈을 마주치고 아이의 말 경청하기

☆ 진심으로 공감하기

"정말 많이 아프지?"

"많이 아팠을 텐데 울지도 않았어?"

"00의 상처를 보니 원장 선생님도 마음이 아파."

놀이하다가 넘어진 아이, 다투다가 상처 난 아이, 모기 물린 아이들

에게 약을 발라주면서 전하는 제 마음입니다. 왜 다쳤는지, 누가 그랬
는지 묻지 않고 그냥 마음을 먼저 공감해 주지요. 이렇게 원장실을 다
녀간 아이들은 그날부터 제 팬이 되어 저와 눈이 마주칠 때마다 어느
곳에서든지 하트를 그리며 "원장 선생님, 원장 선생님!"을 외치지요.

"아프냐?… 나도 아프다…"
옛 드라마의 명대사는 아직도 우리에게 기억되고 있습니다. 이 짧
고 함축된 말에 마음이 제대로 전달되었기 때문이지요. 바로 진심으
로 공감하기가 이심전심이었다는 것을 확인시키며 많은 시청자에게
설렘과 감동을 전해 준 대사였어요.

부모님, 가정에서 아이들과는 어떤가요? 서로의 마음을 얼마나 공
감하고 있나요?
"도대체 왜 그러는지를 모르겠어요."
"청개구리가 아닌가 싶어요."
"어느 장단에 맞춰야 하는지 알 수가 없어요."
"말을 해야 말이지요. 말을 안 해요."
"잘못해 놓고 안 그랬다고 거짓말하는걸요."
"눈치를 살피는 게 너무 화가 나요."
부모교육 때 질문하면 하소연하듯이 쏟아내는 대답입니다. 그렇습
니다. 힘들고 속상해서 하는 말들입니다. 그런데 가만히 되돌아보면
우리의 부모님도 우리에게 하셨던 말씀입니다. 후일 우리 아이들이

또 이런 과정에서 이런 말을 하게 된다면…

전문가들은 말합니다. 영·유아기부터 부모와의 공감 경험이 많은 아이는 또래 관계, 대인 관계에서 공감 능력을 발휘하게 되며 다른 사람의 말에 귀 기울일 줄 알고 마음을 잘 헤아려 주는 경청 능력도 좋아진다고 했습니다. 사람마다 각기 다른 입장이 있기에 자기 입장에서 보면 본인이 다 옳지요. 하지만 갈등을 풀려면 본인 입장만 되풀이하는 것을 멈추어야 해요. 아이들에게 훈육이라는 명분으로 지시하려하지 말고 먼저 공감을 해 주어야 합니다.

부모로부터 공감받지 못한 아이는, 공감을 표현하지 못합니다.

"동생이 네 장난감을 무너트려 화가 났구나."

"엄마가 동생만 돌봐 주는 것 같아 속상했구나."

"선생님께 칭찬받아서 기분이 좋았겠구나."

"아프니까 눈물이 나지. 엄마가 옆에 있어 줄게."

"아, 그랬구나!"

"아, 그렇구나! 듬직한 우리 00이는 블록 놀이를 좋아하는구나."

"아, 그랬구나! 지금은 하고 싶지 않구나."

"아~그렇구나. 엄마 아빠를 기쁘게 해 주고 싶었구나."

마음을 읽어 주는 조건 없는 공감. 공감이란 자기 생각이나 입장이 아니라 상대방의 입장에서 생각하고 느끼고 말하는 것입니다. 사람은 누구나 자신을 따뜻하게 바라보고, 자기의 말을 적극적으로 경청해

주고, 마음을 진심으로 공감해 주면 행복하다고 느끼게 되지요. 부모의 입장에서가 아니라 자녀의 입장에서 아이의 이야기에 귀 기울여 주고, 아이의 생각을 이해하고 마음을 진심으로 공감해 주세요. 부모로부터 받은 아이의 공감 경험은 타인과 부모님의 생각과 마음을 읽어 주는 공감 능력으로 성장하여 무엇이든 할 수 있는 힘이 생깁니다. 부모님도 그렇지요? 아이도 그렇습니다.

세심한 관심과 관찰, 적극적 경청, 진심으로 공감하기로 아이를 지지해 주면 아이는 자신이 소중한 존재, 사랑받는 존재임을 깨닫게 되어 안정감과 힘을 얻어 행복한 성장을 할 수 있답니다.

세심한 관찰, 적극적 경청, 진심으로 공감하기야말로 아이의 자존감을 높이고 즐겁게 성장하는 데 부모가 실천해야 할 중요한 역량입니다.

미션: 바라보고 듣고 끄덕여 주기

부모 실천 플랜 세 가지
《존중하기, 소통하기, 기다리기》

"너도 나도 존중! 주저 말고 소통! 우리 모두 협력!"
"설레는 오늘! 기다림의 오늘! 영향력을 오늘!"

매년 1월, 아이들의 행복한 성장을 위한 실천 플랜으로 아롱다롱에서는 선생님들과 핵심 키워드를 정하지요. 선생님들은 핵심 키워드로 직접 구호를 만들어 일 년간 매일 아침 출근 인사를 구호로 나눈답니다.

서로 눈을 마주 보며 액션을 하면서 구호로 인사를 나눌 때, 처음에는 쑥스러워하고 서로 손이 엇갈려 웃음보가 터지기도 했었지요. 출근 후 동료 교직원을 이리저리 찾아다니며 매일 아침 구호를 외치며 인사를 나누는 모습은 활기차고 기분 좋은 하루를 시작할 수 있게 했습니다.

실천 플랜으로 정한 핵심 키워드는 아이들 성장뿐만 아니라 교직원과 부모님께도 큰 영향력을 미쳤습니다. 자존감과 효능감이 높아져 교직원의 장기근속으로 이어졌고, 동반 성장한 부모님은 신뢰 속에 참여와 협력으로 확대되었지요. 아이들을 위한 마음은 언제나 통한다는 것을 느끼며 모두가 행복한 성장을 하게 되었습니다.

얼마 전 부모교육을 진행하면서 어렸을 때 부모님께 많이 들었고 가장 듣기 싫었던 말이 무엇인지 물었습니다.

'00을 봐라. 넌 왜 그러니?' '그것밖에 못 하니?' '빨리빨리 해.'

대부분 부모님이 많이 들었고 듣기 싫었다는 말이에요. 그 말을 들었을 때의 상황이 떠오른 어머니는 눈시울이 젖기도 했어요. 가슴 깊은 곳에 새겨져 지워지지 않았던 것입니다. 부모가 들어서 아픈 상처가 되었던 말과 일들을 자녀에게 되풀이하지 않기 위해서 '존중하기, 소통하기, 기다리기'의 부모 실천 플랜을 제안합니다.

☆ 존중하기

"용감한 수영아, 안녕?"

"배려 권오경 선생님, 안녕하세요?"

"지혜로운 심지혜 님, 안녕하세요?"

저는 아이들과 인사를 나눌 때마다 이름을 앞에 붙여서 인사말을 합니다. 선생님들과 아침 인사를 할 때도 선생님들의 강점, 덕목에 이름을 붙여 인사하지요. 부모교육을 할 때도 00 어머니라 부르지 않고 '00님'이라고 이름을 부릅니다. 왜냐하면 삶에 있어서 아이도 교사도 부모도 당당하게 '나'로 존중받을 때 자존감과 자신감이 형성되고 단단해지기 때문입니다.

아롱다롱 어린이집에는 친자매 선생님이 있답니다. 삼 남매 중 언니 선생님은 첫째이고 동생 선생님은 막내이지요. 가정에서 첫째 언니와 막냇동생과의 관계가 그려지나요?

"권오숙 선생님, 정리 함께 할 수 있을까요?"
"네, 권오경 선생님. 이것만 제자리에 두고 갈게요."
"권오숙 선생님 덕분에 빨리 정리할 수 있었네요. 도움을 주셔서 감사해요."
"아니에요. 제가 뭘 도와 드렸다고요. 제가 배울 수 있게 해 주셔서 감사해요."
마치 드라마 대본에나 있을 것만 같은 대화가 신기하게도 어린이집에서 수시로 들리지요. 도움을 요청하거나 지도해야 할 상황일 때뿐만 아니라 항상 이름과 존칭을 부르며 존댓말로 표현하는 모습을 보면 너무나 따뜻하고 사랑스럽습니다. 오히려 집에서 선생님이라는 호칭과 존댓말이 무의식중에 나오면 선생님 자녀들이 "엄마, 이모한테 왜 그래요?" 한 적이 많다고 해서 함께 웃었지요.

어떻게 이렇게 될 수 있었을까요?

동생이 중학생일 때 언니가 아롱다롱 어린이집 교사가 되었는데 언니가 정말 대단해 보였다고 해요. 유아 교사는 생각지도 못했던 동생은 그 이후 언니의 믿음과 지지로 어린이집 교사가 되었어요. 언니에게 동생은 속상하거나 힘들어도 표현을 잘하지 못하고, 자신을 책망하고, 두려우면 포기하거나 회피하는 여리고 안타까웠던 존재였다고 합니다.

지금도 언니는 동생이 늘 안쓰럽고, 무엇인가 주고 싶은 마음인데 준 것이 없어 미안한 마음이라고 해요. 그러나 동생이 아닌 교사로서 다시 만나면서 교사로서 자존감을 갖게 해 주고 싶었다고 합니다. 자신이 다른 교직원들의 배려와 존중으로 자존감을 키웠듯이 동생에게도 '동생이 아닌 교사로 존중하면서, 아주 작은 것부터 실천하자.'라는 다짐을 했다고 해요. 이런 마음과 서로에 대한 존중의 결과가 드라마 같은 현실을 낳았답니다.

서로에 대한 존중으로 자존감과 자신감을 찾은 날개 없는 천사인 자매 선생님들을 너무나 사랑하고 존경합니다.

존중은 다른 사람을 높이어 귀중하게 대하는 것이라고 합니다. 그 힘은 참 강하고 오래 지속되는 장점이 있어요. 많은 돈이 들지도 않고 많은 시간도 들지 않습니다.

172

자녀, 특히 아이를 존중하는 것은 의외로 간단하고 쉬워요. 가장 기본이 되는 것을 실행하면 된답니다. 태어나서 1년은 감각을 통해 성장하기에 제때 먹이고, 재우고, 배변을 제때 치워 주는 것이에요. 따뜻한 언어와 미소 띤 얼굴로 아이의 생리적 욕구를 다 들어주는 것이 존중의 시작이지요. 두 돌 전·후로는 아이가 말도 안 되는 고집을 부리기 시작하죠. 부모는 몹시 난감해하며 감정적으로 대응하다가 점점 버릇을 고쳐야겠다는 마음으로 아이와 기싸움을 합니다. 하지만 똥고집을 부린다는 것은 아이에게 드디어 '나'라는 자아 개념이 생겼다는 의미이며, 이제는 엄마와 다른 존재 '나'라는 존재가 있다는 것을 인식하고 인지적 사고도 성장하고 있다는 것이에요. 축하하고, 존재를 존중하고, 주도적 기회를 주면 됩니다. 유아기에는 다양한 경험으로 전인적 발달이 이루어지며 자기표현도 다양하게 합니다. 아이의 감정과 생각에 공감하고 경청하면서 도전하고 문제 해결을 할 수 있도록 소통을 무한 반복해 주세요. 이것이 존중이요, 이 힘으로 긍정적 자아와 자존감과 자신감을 갖게 됩니다. 바로 미래의 긍정적 가치관을 다지게 합니다.

"아! 그렇구나! 엄마를 돕고 싶었던 거구나."
"아! 그렇구나! 지금은 하고 싶지 않구나."
"아! 그렇구나! OO는 OO를 하고 있구나."
"아! 그렇구나! OO는 계획이 다 있었구나."

부모가 먼저 아이의 말과 행동을 존중해야 합니다. 아이의 욕구를 따뜻하게 달래주고 위험하지 않을 때는 하고 싶은 것을 하도록 기회를 주세요. 부모가 아이를 존중한다는 것은 아이에게 자신을 존중할 수 있게 하는 기회를 주는 것입니다. 존중은 '긍정적인 자아상'을 만들고 '자존감과 자신감'으로 커지게 됩니다.

아이들은 무한한 잠재력과 가능성을 가진 존재입니다. 제 빛깔을 마음껏 펼칠 수 있도록 아이를 하나의 독립된 인격체로 존중해 주세요.

미션: '아 ~그렇구나!'라고 우선 말해 주기

☆ 소통하기

'교사는 누구나 될 수 있지만, 아무나 해서는 안 된다.'라는 생각을 하는 저는 예비 교사들에게 이론과 현장을 연계한 활동에 도움이 되고자 지역에 있는 대학교 유아교육과에서 한 과목을 지도하고 있습니다. 예비 교사들을 위해 제가 할 수 있는 것을 찾고 함께하고 있음을 감사히 여기고 있지요. 예비 교사인 유아교육과 학생들과 소통을 잘하고 싶어서 첫 시간 자기소개 때 학생들 특징과 관심사를 발견하고 그 후 출석을 부를 때마다 강점을 넣어 이름을 호명하지요. 학생들에게 관심을 표현하고 공유하자 학생들도 자신을 더 표현하게 되면서 더욱 활기찬 수업 분위기가 되었습니다.

어린이집 교직원은 호명할 때도 동료 교직원이 발견한 강점 인성 덕목을 붙여서 부릅니다. "저에게 이런 강점이 있었나요? 제가요?"라며 자신도 알지 못했던 강점에 쑥스러워하기도 했어요. 그러나 저마다의 강점 인성 덕목은 기묘하게 그 선생님에게 딱 맞는 듯했고 선생님의 강점은 갈수록 더 주목받아 원에서 선한 영향력을 미치게 되었습니다.

"으~앙. 엉~엉~아파~, 아파~엄마, 엄마." 피를 보고 놀란 유아는 대부분 엄마를 찾으며 격하게 울지요. 이때 주임 선생님은 "많이 아프지. 아픈데 피를 보니 더 놀랐지. 친구들도 걱정해 주고 있는데 상처를 살펴볼까?"라고 차분하게 아이의 감정을 수용하고 모두가 너의 마음에 공감하고 걱정하고 있다는 것을 전합니다. 또 "큰 소리로 울면 열이 오르는데 열이 오르면 피가 빨리 멈추지 않을 수 있어. 피가 빨리 멈출 수 있도록 도와줄 수 있겠어?"라고 도움을 요청하듯이 말을 하지요. 놀란 아이, 우는 아이, 떼쓰는 아이, 잠투정하는 아이, 다투는 아이, 고집부리는 아이 등 다양한 아이들과 소통이 잘 이루어져 마음을 안정되게 하는 선생님의 강점은 바로 '소통'입니다.
별님들의 기분이 가라앉았다 싶으면 오버액션으로 분위기 업 시키는 선생님. 부모님의 격해진 감정을 따뜻이 수용하고 미소로 대안을 찾도록 돕는 선생님. 동료 교직원이 가장 많이 찾는 선생님. '교사, 부모, 아이와 소통하기'로 동료 장학을 한 선생님은 본원에서 18년 장기근속을 하고 있는 소통이 강점인 주임 교사, 황진연 선생님입니다.

"나는 아이와 소통을 잘하고 있다. 손들어 보세요."

'엄마, 나 좀 봐봐. 제발 내 이야기 좀 들어보라고'라는 말을 아이에게 들어 보았다면 손 내리셔야 한다고 하면 슬쩍 손을 내리시는 분들도 있지만, 대부분의 부모님은 자신에게 너무 관대하여 비교적 잘 소통하고 있다고 생각합니다. 그러나 과연 소통이었을까요? 일방통행의 통보나 전달은 아니었을까요? 바쁜 일상에 쫓기어 마음의 여유를 갖지 못해서 아이들의 웃는 모습과 종알거리는 사랑의 말을 들어주지 못하고 놓치진 않으셨는지요?

중앙육아종합지원센터 부모교육 자료에 제시된 '우리 아이와 얼마나 소통하고 있을까?' 체크리스트를 작성한 후 그 결과에 따른 부모님의 소통 수준과 솔루션을 확인해보았지요. 아이와 함께 놀이하며 소통하는 시간을 가졌었는지, 아이의 행동뿐 아니라 감정까지도 읽을 수 있는 깊이 있는 소통을 했었는지 되돌아보고, 소통의 진정한 의미와 그 부재를 인지했답니다.

지금 우리 아이와 얼마나 소통하고 있습니까?

1. 아이가 가장 좋아하는 놀이가 무엇인지 알고 있다.

2. 아이가 좋아하는 동물, 캐릭터 등에 대해 잘 호응해 준다.

3. 아이의 질문과 말을 진지하게 들어준다.

4. 아이와 단둘이서 30분 이상 놀이하는 것이 어렵지 않다.

5. 아이에게 속상한 일이 있을 때 먼저 아이의 마음을 읽어준다.

6. 아이가 묻는 모든 질문에 참을성을 갖고 정직하게 답해준다.

7. 아이가 요즘 좋아하는 친구의 이름을 알고 있다.

8. 아이의 말에 대답만 하기보다는 질문도 많이 한다.

9. 아이와 함께 하루 동안 있었던 일에 대해 거의 매일 이야기를 나눈다.

10. 내가 기분이 좋지 않을 때는 아이에게 나의 기분을 말로 표현해 알려준다.

여러분은 10가지 중 몇 개가 체크 되었나요?

0~4개라면 아이와의 소통을 위한 노력이 필요하므로, 하루 30분씩이라도 아이와 함께 놀이하며 소통하는 시간을 가져야 하고, 5~7개는 아이와 비교적 잘 소통하고 있으나 아이의 행동뿐 아니라 감정까지도 읽을 수 있는 깊이 있는 소통을 해야 하고, 8~10개는 아이와의

소통에 어려움이 없으며 소통을 통해 아이와 부모님이 모두 행복할 수 있도록 꾸준히 지속해야 합니다.

원장도 교사도 경력만 쌓인다고 결코 훌륭한 교육자가 될 수 없듯이, 부모도 나이를 먹고 둘째, 셋째를 낳는다고 좋은 부모가 되는 것은 아닙니다. 아이와의 소통을 위한 노력이 필요해요. 원에서도 가정에서도 일상에서도 아이와 함께 놀이하며 소통해야 하는 시간은 너무나 많습니다. 아이의 행동뿐 아니라 감정까지도 읽을 수 있는 소통, 아이와 부모 모두 행복할 수 있는 소통이 꾸준히 이루어져야 합니다. 그래서 중앙육아종합지원센터에서 발행한 자료를 활용하여 부모교육을 진행하였습니다.

부모교육을 통해 소통은 공동 관심사에서 싹이 트고, 경청으로 시작되며, 공감으로 지속할 수 있게 한다는 것을 느끼고 알게 된 부모님은 자녀와의 소통을 위해 실천 플랜을 정하고 노력했답니다.

첫째, 아이가 관심 있어 하는 것을 공유하고 놀이를 지지해 주기.

둘째, 아이의 말을 먼저 들어주기.

셋째, 아이의 말과 감정을 있는 그대로 받아들이고 공감해 주기.

넷째, 마음에 공감해 주는 말, 눈빛, 표정, 쓰다듬기, 손뼉치기 등 온몸으로 반응해 주기.

다섯째, 1분만 말하고 2분 이상 들어주며, 3분 동안 맞장구치는 1, 2, 3 대화법을 사용하기.

"○○이를 좋아하는구나. 나도 너무 좋아하는데."

"그래 아주 좋은 생각이야."

"○○이가 좋아하는 ○○을 먹으러 갈까?"

"○○가 도와준 덕분에 금방 정리했네, 고마워."

"지금은 이 닦기가 싫구나."

"옷이 참 잘 어울린다. 아주 멋지네!"

"아주 잘했어! 다음엔 더 잘할 수 있을 거야!"

"열심히 만든 성이 무너져서 속상했구나."

"그 성 멋있었는데, 어떻게 만들었어?"

"네가 뛰어다녀서 넘어지거나 다치면 엄마는 무척 속상할 거야."

"오늘은 ○○가 정말 기분이 좋았겠구나."

"○○가 기분이 좋았다니까 나도 기분이 좋구나."

아이의 행동 결과만 보고 몰아붙이지 마세요. 상황에 대한 느낌을 따뜻하게 말하고 전해 주세요. 소통 실천 플랜을 머리와 가슴으로만 느끼지 말고 가정에서 꼭 실행하길 간절히 바라봅니다. 쉽지 않은 일입니다. 그러나 어렵지도 않습니다.

미션: 1분만 말하고 2분 이상 들어주고 3분 이상 맞장구치기

만일 내가 다시 아이를 키운다면

-다이애나 루먼스

만일 내가 다시 아이를 키운다면
먼저 아이의 자존심을 세워주고
집은 나중에 세우리라.

아이와 함께 손가락 그림을 더 많이 그리고
손가락으로 명령하는 일은 덜 하리라.
아이를 바로 잡으려고 덜 노력하고
아이와 하나가 되려고 더 많이 노력하리라.

시계에서 눈을 떼고
눈으로 아이를 더 많이 바라보리라.

만일 내가 다시 아이를 키운다면
더 많이 아는 데 관심 갖지 않고
더 많이 관심 갖는 법을 배우리라.

자전거도 더 많이 타고 연도 더 많이 날리리라.
들판을 더 많이 뛰어다니고 별들도 더 오래 바라보리라.

더 많이 껴안고 더 적게 다투리라.
도토리 속의 떡갈나무를 더 자주 보리라.
덜 단호하고 더 많이 긍정하리라.

힘을 사랑하는 사람으로 보이지 않고
사랑의 힘을 가진 사람으로 보이리라.

☆ 기다리기

"설레는 오늘! 기다림의 오늘! 영향력을 오늘!"

2016년도 제시한 '설레임, 기다림, 영향력'이라는 핵심 키워드로
선생님들이 만든 구호입니다. 매년 정한 핵심 키워드는 교사와 부모
가 함께 해야 할 방향을 정하고 구체적 활동을 실행하지요. 아이들의
성장을 돕기 위한 교사와 부모의 다짐이라고 볼 수 있어요.

설레임은 사랑하는 사람과의 만남이 설레듯이 매일 아침 아이들과
의 만남이 설레는 교사, 부모.

기다림은 언제나 아이의 개별성을 인정하고 존중하면서 따뜻한 미
소로 기다리는 교사, 부모.

영향력은 행동과 말이 거울이 되는 아이들에게 긍정적 모델로 선
한 영향을 주는 교사, 부모.

핵심 키워드와 구호는 장기근속과 교사 경력이 많았던 선생님들에
게는 또 다른 자극이 되었고 부모와 아이들의 변화는 교사 효능감과

소명 의식을 갖게 해 주었답니다.

저는 매일 등원 인사를 나누지 못한 별님들이 있으면 찾아다니며 인사를 나눕니다. 아이들의 컨디션을 살피고 마음을 나누기 위해서지요. 양팔을 벌려 포옹을 하며 "00야 사랑해. 오늘도 재미있게 놀자." 라고 마음을 표현하는데 아이에 따라 처음에 낯설어하며 거부하는 아이도 있었고 불편한지 슬쩍 뒤로 숨는 아이도 있었답니다. 이런 아이에게는 윙크하거나 손가락 하트를 날리며 "00야 그래도 난 너를 사랑해. 기다릴게, 내 사랑을 받아줘." 말하고 아이의 마음을 읽고 내 마음도 전했지요. 그런데 이제는 언제 어디서든 불쑥 나타나 먼저 안아주는 별님들로 늘 행복한 하루를 맞이합니다. 방문한 외부인이나 학부모님은 아이들이 저를 부르며 안아주거나 팔다리를 붙잡고 "원장 선생님, 사랑해요."라는 말과 행동에 놀랐었다고 합니다. 이것은 제가 가르친 것이 아니라 낯설고 어색해한 아이의 개별성을 존중하고 마음을 읽고 기다려 주었기 때문이지요.

얼마 전 신입 영아가 낮잠을 자고 일어나 갑자기 엉엉 울었습니다. 담임 선생님, 도우미 선생님이 어르고 달래도 소용없었어요. 제가 가 보았더니 눈을 감은 채 눕지도 않고 앉지도 않고 모든 것을 거부했어요. "더 자고 싶었구나. 그런데 잠이 깨서 속상했구나. 쉬를 누고 싶어서 잠이 깰 수 있어. 쉬 누러 가고 싶으면 나랑 같이 가자."라고 말을 하고는 옆에서 어깨와 가슴을 살짝살짝 토닥여 주었지요. 한참을 홀

쩍거리더니 벌떡 일어나 내 손을 잡고 화장실을 다녀왔답니다. 왜 그러냐고 이유를 묻지 말고 상황에 따라 마음을 빨리 읽어 말해 주고, 그다음은 기다림의 시간이 필요합니다. 울음으로 무작정 표현하는 영아들은 부모님께 개별성을 존중받지 못했거나 기다림의 시간을 경험하지 못했기 때문인 경우가 많습니다. 아이도 감정과 상황을 받아들일 시간이 필요한 거예요.

모든 부모는 아이를 사랑합니다. 그리고 잘 키우고 싶어 하지요. 그러나 내 아이에 대해 잘 모릅니다. 비교 대상을 다른 집에서 찾고는 마음이 조급해 아이를 재촉하지요. 발달에 대한 이해와 내 아이의 기질과 성향을 파악하는 것이 중요하다고 했지요. 빨리 반응하는 아이가 있는가 하면 시간이 많이 필요한 아이도 있어요. 어떠한 경우라도 부모님의 긍정적 반응과 기다림은 매우 어렵지만 아주 중요합니다. 기다림의 효과는 더이상 못 기다리겠다고 포기를 하려고 할 때 나타난다는 것을 기억하세요. 눈에 보이는 빠른 결과는 부모의 희망사항일 뿐, 아이는 충분한 시간이 필요합니다.

바로바로 변화하고 효과가 나타나면 얼마나 좋겠습니까만, 유아기에는 그렇게 금방 나타나지 않아요. 영·유아기 아이들에게는 지극히 정상적인 발달 과정이니까요. 여유를 갖고 기다려 주어야겠지요. 사람에게 어떠한 행동이 자연스럽게 표출되려면 2000번에서 1만 번의 경험이 있어야 한다고 합니다. 아이가 '엄마, 아빠'라고 부르기까지,

걸음을 떼고 걷기까지 수없는 도전과 실패를 경험한 결과라는 것을 알고 계신가요? 부모님이 몇 번 시도하고 생각만큼 결과가 좋지 않다고 실망하거나 포기하면 안돼요. 자녀를 위한 부모 실천 플랜 핵심 파워는 기다림입니다.

미션: 따뜻하게 바라보며 기다리기

자녀 발달 이해와 관점 세 가지
《정신분석, 행동주의, 인지발달》

~~~~~~

유아교육 현장에서 30년을 넘게 지내면서 교사와 부모님께 가장 많이 사용한 말이 '발달 이해'였습니다. 현장에서 만난 선생님과 부모님은 아이들을 사랑하지만 어려움을 호소하고 스스로 자학하거나 회피하는 모습을 보이기도 했어요. 그럴 때 저는 한결같이 영·유아의 발달 이해와 발달을 바라보는 이론적 관점을 이야기합니다.

발달 심리학에서 '발달은 수정에서 죽을 때까지 전 생애를 통해 신체적 기능이나 심리적 기능에 있어 한 개인에게 일어나는 변화'라고 말합니다. 즉 발달은 유전적 요인과 환경적 요인의 영향을 받으며 성숙과 학습의 상호작용으로 성장하는 연속적인 과정이에요. 계속되는 발달은 단계가 있으나 속도에는 개인차가 있지요.

또한 특정 시기에 형성해야 할 성장 과업이 있는데 이 시기 부모님의 세심한 관찰과 민감한 반응은 매우 중요합니다. 아이가 어느 정도 발달하고 있는지 아이의 놀이와 표현을 세심하게 관찰하고 앞으로의 발달도 예측해야 하지요. 그래서 아이의 성장을 돕는 부모님은 자녀 발달을 잘 이해하고 발달을 바라보는 이론적 관점을 먼저 알아야 합니다.

저는 매년 3월과 4월에 거쳐 영·유아의 발달과 부모 역할에 대해 학자의 발달 이론을 바탕으로 부모교육을 진행했어요. 별님들이 새로운 환경과 변화에 잘 적응할 수 있도록 하고, 부모님께는 자녀의 성장에 따른 발달이해를 돕기 위해서입니다. 부모님들은 생각했던 것보다 더 모르고 있었고, 지나간 시간에 대한 후회로 죄책감을 느끼기도 했지만 배우고 실천하며 조금씩 성장하게 되었답니다.

영·유아의 발달을 살펴보면, 생후 1년은 영·영아기로 목 가누기, 뒤집기, 앉고 서기, 걷기까지 일생에 있어서 신체적 성장이 가장 빠른 속도로 이루어지지요. 신체발달이 곧 전인 발달인 시기입니다. 또한 먹고 자고 싸고의 생리적 욕구 충족으로 감각과 지각이 발달하고 애착을 형성하는 시기입니다. 걷기 시작하면서 사물들의 기능을 알고 다룰 수 있는데 자신이 직접 움직여 할 수 있는 놀이들이 많아지고 성공 경험을 하게 되지요. 부모는 아이의 타고난 기질을 존중하고 아이의 기질에 맞게 반응하여 안정적 애착을 형성하도록 해야 합니다.

생후 2년 두 돌 전·후는 영아기로 자기 인식, 자아 발달, 자조 능력, 자기 조절력이 처음 시작되므로 배변 표현과 배변 훈련이 이루어지는 시기입니다. 폭발적 언어능력이 발달하며 "이게 뭐야?" 쉼 없이 질문하지요. 고집을 부리고 마음대로 하려는 이 시기에 부모는 옳고 그름과 해도 되는 일과 해서는 안 되는 일을 가르치되 아이를 독립된 인격체로 인정하고 존중하는 일이 우선이며 중요해요. 부모는 모델링이 되어야 하며 아이가 스스로 할 수 있는 기회를 주고 기다려야 하지요. 이때 아이의 개별성을 존중하고 긍정적 자아와 자조 능력이 형성되도록 도와야 합니다.

생후 3년 이후를 유아기라고 하며 언어 표현이 확연히 증가하고 말도 잘하고 대화로 소통이 되며, 사회성이 급격히 발달하여 또래와 사람들과 어울리려고 하지요. 하지만 꿈과 현실을 제대로 구분하지는 못해요. 그래서 지나간 것은 모두 "어제 그랬잖아요."라는 말을 많이 합니다. 이 시기 아이들은 정서적 감정을 다양하게 표현할 수 있으며, 자기 욕구를 강하게 표출하며 자기중심적 사고가 강하게 나타나지요. 이때 부모는 아이의 감정을 읽고 존중하면서 아이가 몸과 마음을 조절하는 자기 조절력이 생길 수 있도록 원칙을 세우고 일관성 있는 태도로 허용과 통제를 지혜롭게 해야 합니다.

생후 4년은 표정이나 태도, 의사표현, 행동이 풍부해지지요. 그러나 기다림이 짧고 불만과 분노하는 모습을 많이 보입니다. 이 시기 스스로 감정을 조절하고 독립심과 도덕성을 기르는 것이 중요합니다.

생후 5년은 안정된 자아상, 자존감, 조절력, 집중력, 공감 능력, 도덕성, 사회성, 지적 호기심이 절정에 이르는 시기입니다. 많은 이론가는 이 시기에 자아와 지능이 70%로 완성되고 일생에 있어서 큰 영향을 미치는 결정적 시기라고 하지요. 유아기 최대 발달 과제는 자존감과 자신감 형성이 우선입니다. 이 시기 형성된 자존감과 자신감은 세상을 살아가는 든든한 힘이 되지요. 또래 아이들과 맘껏 놀게 하는 것, 스스로 도전하고 경험하게 하는 것, 하고 싶은 것을 즐기게 하는 것과 부모님의 공감과 격려가 중요합니다.

발달 특성을 알면 아이가 어떻게 발달하는지, 어떻게 표현되는지, 어떤 특성으로 나타나는지를 이해하고 예측할 수 있어요. 그러나 갑작스러운 행동 변화를 보일 때 부모님은 당황하거나 지나치게 불안해하고 초조해합니다.

"아이가 좋아하던 어린이집을 가지 않으려고 해요."
"아이가 자다가 갑자기 자지러지게 울어요."
"아이가 손톱을 물어뜯어요."
"아이가 먹는 것을 무조건 거부해요."
"아이가 갑자기 엄마와 떨어지지 않으려고 해요."

처음에는 아이를 탓하다가, 원을 의심하기도 하고 타인을 질책하기도 하다가, 자신이 잘못했다고 자학하기도 하는 부모님들을 보면서 무척 안타까웠습니다. 아이들의 발달 과정 중에는 갑작스러운 특정 행동이나 퇴행을 보이기도 하는데 이때 발달을 바라보는 이론적 관점을 알면 아이를 이해하게 되고 부모님도 마음의 평안을 찾고 성장할 수 있답니다.

　그래서 불안해하는 부모님께 도움을 드리고자 아이의 행동을 해석하고 그 원인을 다양한 관점에서 바라보는 발달 이론을 바탕으로 개별 상담과 부모교육을 계획하여 진행했지요. 아이의 행동을 해석하고 그 원인을 바라보는 관점을 유전적, 생물학적, 행동학적, 정신분석적, 인지 발달적 등으로 다양하게 보는 이론들이 많습니다. 그 중에서 저는 부모님이 이해하고 알기 쉬우며, 적용이 잘 되는 세 가지 관점을 간략하게 정리하여 활용했습니다.

　정신분석 이론의 관점은 특정 행동의 원인을 오래전 경험들이 현재의 행동으로 나타난다고 보고, 인간의 행동이 우리가 평소에는 지각하지 못하는 무의식의 세계에 의해서 결정된다고 보는 관점입니다.

　인간의 행동은 의식적으로 이루어지는 것뿐만 아니라, 무의식이라는 우리도 모르고 있는 영역의 영향을 받는다고 보고 있지요. 아이의 갑작스러운 특정 행동은 과거 부모의 양육 태도와 아기의 수면, 수유와 배변 등에서 채워지지 않은 욕구와 불안정으로 인해 때때로 어린이집을 거부하는 것으로 보는 것입니다.

　행동주의 이론 관점은 아이 행동은 앞뒤의 맥락이 중요하다고 보고 특정 행동의 원인을 자극과 반응에 의해 설명하는 발달 관점입니다. 어린이집 하원 시간에 엄마가 없어서 심하게 울었거나 불안했던 경험, 어린이집에 가지 않았을 때 엄마와 함께 볼일을 보러 다녔거나 심심해한다고 키즈카페를 데려가는 특별한 경험을 제공 받았다면 어린이집을 안 간다고 할 수 있다는 것입니다. 어린이집 거부와 연결된 경험이 어린이집 거부를 반복하게 만들 수 있다고 보는 것이지요. 행동주의 관점은 원인을 현재에서 찾고 대처 방안이 명료하여 당장 시도할 수 있어서 현장에서 부모님들이 가장 쉽게 이해하고 받아들이고 있습니다.

인지발달 이론 관점은 동화와 조절, 평형화라는 인지 작용을 통해 발달하며 발달은 다 순서가 있으니 믿고 기다려 주면 된다고 보는 관점입니다. 아이는 무한한 잠재력이 있으며 스스로 성장하는 존재이기에 아이의 흥미와 관심을 중요하게 여깁니다. 어린이집을 가기 싫어하는 아이의 행동은 부모님과 분리될 때 불안과 두려움을 느끼는 것으로 정상적인 과정이라고 보는 것이지요. 이때 부모님은 불안해하거나 조급해하지 말고 아이가 스스로 힘을 내어 이길 수 있다고 믿고 기다리면서 지지해 주어야 한다는 것입니다. 부모의 지나친 반응이나 개입보다는 아이의 주도적인 성장을 지켜보고 기다려 주어야 합니다.

우리가 목적지에 안전하게 도착하려면 어떻게 하나요?
내비게이션을 이용하지요. 길을 안내하며 주변 환경도 자세히 알려주지요. 이동 수단과 도로의 종류에 따라 다양한 방법을 비교하고 선택할 수 있게 도움도 주고, 길을 잘못 들어섰을 때는 재빨리 경로를 재탐색하기도 해요.

아이의 발달적 특성과 아이 특정 행동에 부모가 어떻게 대처해야 할지, 하고 있는 방법이 맞는지, 어떤 행동을 취해야 하는지 몰라 답답하고 궁금할 때는 아이의 발달을 이해하고 바라보는 이론적 관점을 아는 것은 부모님께 내비게이션과 같은 역할을 해 줄 것입니다. 주의해야 할 점은 아이의 발달을 비교하거나 어느 한 관점에 치우쳐 바라보며 어설프게 단정 짓지 말고, 아이의 성향과 기질에 따라 상황과 환경의 여러 요인을 고려하여 개인차를 인정하고 다양한 관점으로 아이를 바라보고 이해하고 도움을 주어야 합니다.

미션: '소중한 OO야, 사랑해'라고 매일 3회 이상 안아 주기

"아이의 마음을 다치지 않게 훈육하는 법"

아이를 키우다보면 하루가 전쟁 같다고 하시는 분들이 많아요. 칭찬보다 야단칠 일이 더 많아서 목이 아프다고요. 아이가 잘못된 행동을 했을 때는 당연히 훈육을 해야 합니다. 하지만 이때 아이의 마음이 다치지 않게, 잘못된 행동에 대해서만 훈육을 해야 해요. 욱해서 소리지르고 후회하고, 화내고 마음 아파하는 훈육을 하셨다면 지금부터 부모는 후회하지 않고, 아이에게는 상처 주지 않는 훈육 법을 알고 습관화하면 됩니다.

감정적으로 화내지 말고 잘못된 행동에 대해서만 훈육해 주세요.
화내지 않고 아이를 키우는 것은 어려운 일이에요. 하지만 부모가 감정적으로 화를 내면 아이들은 대부분 자신이 잘못한 일보다는 화를 낸 무서운 부모의 얼굴만 기억합니다. 화가 날 때는 우선멈춤으로 크게 숨을 들어 마시고 내시거나, 속으로 숫자를 셋까지 세거나, 잠시 자리를 떠나서 자신의 감정 알아차리기를 하세요. 화의 감정을 한번 내려놓은 후 아이의 잘못된 행동만 훈육해야 합니다.

남과 비교하지 말고 잘못된 점만 짧고 명확하게 알려 주세요.
많은 부모들이 아이를 훈육하면서 다른 아이나 형제간을 비교하게 되지요. 어른들도 비교 당하면 자존심에 상처 받아 몹시 기분나빠하며 감정의 칼날을 세우게 되듯이, 부모님이 무심코 했던 남이나 동생과의 비교는 아이의 수치심을 자극하고 부모에게 적대적인 감정을 갖게 합니다. 잘못된 점만 짧고 명확하게 알려주고, 사랑하고 있는 부모의 마음을 전해 주세요. 부모는 아이에게 좋은 본을 제시하기 위해서 비교를 했겠지만, 아이는 부모가 자신을 미워하고 다른 아이와 동생만 예뻐하고 더 좋아한다고 느끼게 됩니다.

아이도 하나의 독립된 인격체로 존중해 주세요.

부모는 훈육이라는 명분으로 오히려 아이에게 상처를 주는 말을 할 때가 많아요. 아이는 자신이 무시당한다고 여길 때 분노와 좌절감을 크게 느낀답니다. 아이는 하나의 독립된 인격체로서 스스로 생각하고 판단할 수 있는 능력을 갖고 있어요. 잘못된 것만 무조건 나무라지 말고 아이의 생각을 차근히 이야기할 수 있도록 기회를 주세요. 그러고 난 후 '아 그렇구나, 그런 이유가 있었구나. 어떻게 하면 좋을까?' 라고 아이의 마음을 읽어주고 존중해 주세요.

제 5 장

위대한 교육자를 만나다

세상에서 가장 존경하는 어머니

"여러분은 세상에서 가장 존경하는 사람이 있습니까? 누구입니까?"

존경이란 다른 사람의 인격, 사상, 행위를 받들어 공경한다는 사전적 의미가 있지요. 즉 다른 사람에게 선한 영향력을 미치어 타인의 존중과 공경을 지속해서 받는 사람이라고 합니다.

저는 인복이 많은 사람이라고 스스로 말합니다. 주변에 고마운 사람, 따뜻한 사람, 오랜 시간을 함께하며 마음을 나누는 사람, 기쁠 때 슬플 때 떠오르는 사람들이 있기 때문입니다. 그래서인지 우러러 존경하는 분들도 참 많지요. 저는 좋아하는 일을 하고 그 일을 즐기며 행복을 느끼고 있으니, 꿈을 이루며 살아가는 사람이라고 생각합니다. 이러는 과정에 직접적인 영향을 주신 분과 간접적인 영향을 받게 하신 분들까지 수없이 많습니다. 많은 분 중에 제 어머니는 가장 오랜 시간 영향을 주신 분으로 가장 존경하는 분이십니다.

제가 어렸을 때 아버지께서 먼 곳으로 이직하게 되어 어머니께서 육 남매를 홀로 몇 년을 키우셨어요. 깡마르고 병약한 어머니는 당신 몸도 보호받아야 할 정도였는데 육 남매를 책임지고 독박 육아를 하셔야 했습니다. 첫째와 막내가 10살 차이인데 그 사이에 4남매가 더 있었으니 말 그대로 올망졸망한 아이들이었습니다. 하루하루 먹을 것 입을 것만 걱정해도 힘겨우셨을 텐데 어떻게 육 남매의 서로 다른 표현을 받아 주고 키우셨을까?

그러나 한 번도 어머니의 흐트러진 모습을 본 기억이 없습니다. 어머니는 올곧은 신념으로 육남매를 키우시는 데 원칙을 세우고 일관성 있는 양육을 하셨지요. 형제가 싸우면 육 남매를 나란히 세워 놓고 이유를 물으셨고, 각자 나이에 맞는 행동이 어떤 것이어야 하는지 인지시켜 주셨어요. 먹을 것이 없고 귀하였기에 먹을 것을 보면 서로 먹으려고 다투었고, 저마다 다른 표현으로 싸우기도 하였는데 이때마다 어머니는 말씀하셨습니다.

"콩 한 알도 나눠 먹어야 한다."
"형은 아우를 돌보고, 아우는 형의 고마움을 알고 따라야 한다."

몇 번의 기회를 주었는데도 행동 수정이 되지 않으면 어머니는 첫째 6대, 둘째 5대, 셋째 4대, 넷째 3대, 다섯째 2대, 여섯째 1대를 차례대로 이유를 말씀하시며 '사랑의 매'를 사용하셨답니다. 육 남매의 잦은 다툼과 갈등에도 어머니는 우리에게 감정적 호소를 하거나 부정적인 방법으로 우리를 나무라지 않았고 언제나 일관성 있게 우리를 훈육하셨어요. 우리는 자연스럽게 누구의 잘잘못을 따지지 않고 형은 아우를, 아우는 형을 서로 믿고 따르며 위하게 되었답니다.

철이 들면서 어머니의 지혜를 알게 되었습니다. 당신 혼자의 몸도 가누기 힘들었을 정도로 병약하셨던 어머니인데 육 남매의 올바른 성장을 위해 늘 마지막 힘을 내셨던 것입니다. 육 남매가 눈치채지 못하게 강인한 척하며 자식들이 우애를 나누고 올바르게 자라길 바랐던 것입니다. 첫째부터 막내까지 늘 공정하게 하시되 감당할 수 있을 만큼 훈육했고, 어머니께서는 아픈 마음을 삭이시며 홀로 눈물 흘리셨던 것입니다.

항상 본인이 손해를 보시며 이웃을 대하고 타인을 대하는 어머니를 보고 저는 많이 속상해 했습니다. 억울해도 말씀하지 않고 남의 일은 돈을 적게 주든, 알아주지 않든 상관없이 당신 몸이 부서져라 열심히 하셨지요.

하루는 아프신 어머니를 보고 너무 속상해서 울면서 말했답니다.

"엄마는 바보같이 왜 엄마 몸에 병이 생길 정도로 하세요? 다른 사람은 엄마 마음 하나도 몰라주는데."

"엄마는 괜찮아, 엄마가 욕심내고 잘못하면 나중에 내 자식들이 욕먹는다. 엄마가 해 준 것도 없는데 엄마 때문에 자식들이 나쁜 소리 들으면 안 되지."

자식들! 우리 때문이었습니다.

자식을 생각하며 더 바르고, 더 배려하고, 더 나누는 것을 생활화하셨던 어머니를 보고 한참을 울었습니다. 어머니는 거짓 없이 항상 진심으로 사람을 대해야 한다고 하셨어요. 오해가 있을 수도 있고, 진실은 더디지만 언젠가는 꼭 밝혀진다고 하셨지요.

"언제나 진실되고 정직해야 한다. 사람을 위하는 일에는 진심으로 최선을 다해야 한단다."

귀에 딱지가 생길 정도로 말씀하셨기에 저는 굳게 다짐을 했어요.

'나도 부모님을 욕보이는 일은 절대 하지 않겠어. 부모님이 우리의 가치를 높여 주셨듯이 나도 부모님의 가치를 더 높여 드려야 해.'

어린 저의 눈에는 힘들게 보였던 어머니의 삶은 결코 힘든 삶이 아닌 자식을 위한 흔들림 없는 정직과 진심의 아름답고 가치 있는 삶이셨습니다. 어머니의 가르침은 저의 삶에 큰 영향을 미쳤고, 제 삶에서 어느 것을 가장 중요한 가치로 여겨야 하는지, 교육자로서 어떤 마음으로 어떻게 해야 하는지를 깨닫게 해 주셨지요.

어머니의 긍정적 자존감과 바른 신념은 저에게 '진정성'이라는 중요한 가치를 주셨습니다. 육 남매 한 명 한 명에게 이유를 묻고 동등하게 기회를 주셨듯이 '유아 개별성 존중'을 기본으로 하는 따뜻한 교사상을 갖게 해 주셨습니다. 콩 한 알도 나누어 먹어야 한다는 가르침은 '함께'라는 기쁨과 '나눔'이라는 선한 영향력을 미쳐야 한다는 작은 소명을 갖게 해 주셨습니다.

어머니, 사랑합니다. 어머니 감사합니다.
세상에서 가장 존경하는 사람은 어머니입니다.

당신은 나의 꿈이 되었습니다

"안녕하십니까? 세상에서 가장 가치 있고 중요한 일을 하고 있는 아롱다롱 어린이집 원장 열정 안양숙입니다."

부모교육 할 때 첫머리 인사말입니다. 저는 유아교육을 전공하고 30년간 교육 현장에 있습니다. '따뜻한 교사상'을 실행하기 위해 배우고 나누기를 멈추지 않고, 아이들과 함께 성장하고 있지요.

저는 공부를 잘 가르치는 선생님이 아닙니다. 아이들을 따뜻한 미소로 바라보며 마음을 읽어 주고, 들어주고, 잠재된 무한한 능력들을 표현할 수 있도록 칭찬과 격려를 하는 사람이지요. 이 과정에서 아이들은 자존감을 갖게 되고 자신감이 생겨, 도전과 실패의 경험을 반복하며 성취감을 느끼며 성장하게 됩니다.

부모님!

여러분의 가슴을 뛰게 하는 것은 무엇입니까? 아이들의 미소, 첫사랑, 감동의 영화…

저는 지금도 '선생님' 하면 가슴이 뭉클하며 가슴이 뜁니다. 감사와 감동이 온몸을 감싸 안는 것을 느끼지요. 따뜻한 교사상을 그리게 해 주신 분이 '선생님'이기 때문입니다.

어머니께서 많이 아프고 건강이 좋지 않으셨을 때 어머니와 떨어져 큰언니와 아버지의 직장이 있는 곳에서 초등학교 4년간을 보냈답니다. 아버지와 큰언니는 직장을 다니면서 바로 위의 셋째언니와 저, 막내인 동생을 양육했는데 어머니의 손길이 아니다 보니 많은 것에서 부족한 부분이 나타났지요. 이런 저에게 폭발적인 관심과 격려를 해 주신 분이 선생님이었습니다.

한글 기초 학습부터 다시 지도해 주시고, 위생과 청결, 돌봄까지 해 주신 초등학교 3학년 때 남기화 선생님. 무엇을 해도 "양숙이는 이유가 있었을 거야. 양숙이를 믿어."라며 믿음으로 자존감과 자신감을 갖게 해 준 4학년 때 리진팔 선생님. 교사용 전과와 문제집을 주시며 공부의 즐거움을 느끼게 해 주고 학력을 크게 향상해 주신 5학년 때 박옥화 선생님.

부여에 있는 백제초등학교 다니던 3학년, 4학년, 5학년 때 선생님들로 인해 자존감과 자신감을 갖게 되었고 공부가 재미있는 아이가 되었습니다.

'나도 선생님처럼 소외되고 조금은 부족한 아이들에게 관심과 사랑으로 자존감과 자신감을 갖도록 해 주는 선생님이 되고 싶다.'라고 초등학교 때 처음으로 꿈을 꾸게 되었지요.

이후 학습 습관과 시간 관리 방법을 알려 주시면서 처음 전교 1등이라는 성과를 낼 수 있도록 꾸준한 멘토가 되어 주신 고등학교 1학년 때 이윤규 선생님. 가정 형편의 어려움을 알고 무료 개인 지도를 위해 방학때도 경주에서 예천까지 먼 길 오시고 사비를 기꺼이 써 주신 고등학교 2학년 때 허인숙 선생님. 공부와 학생회 대표 활동으로 체력이 떨어지면 안 된다고 먹을 것을 자주 사주셨던 고등학교 3학년 때 임명순 선생님을 비롯하여 많은 선생님의 사랑과 격려를 받았습니다. 고등학교 때 많은 선생님의 배려와 격려는 너무나 큰 힘이 되어 선생님이 되겠다는 꿈은 더 확실해지고 분명한 목표가 되었지요.

'공부를 잘 가르치는 선생님보다 방황하는 십 대, 흔들리는 십 대에게 정체성을 찾고 바른 가치관을 형성하는 데 도움을 주는 선생님이 되어야지.'라는 좀 더 구체적인 꿈을 갖게 되었습니다.

꿈에 그리던 선생님!

교사가 되기 위해 목표했던 한국교원대학에 입학했습니다. 그러나 우수했던 많은 학생은 상대 평가로 인해 치열한 경쟁자가 되어 서로 상처를 주고받는 이기적인 모습으로 변해가고, 이런 학우들의 모습에 회의가 생기고 저의 자존감은 바닥을 쳤습니다. 제가 꿈꾸던 따뜻한 교사의 모습이 아니라, 경쟁과 공부만 우선이 되는 교사의 모습이 그려졌어요. 많은 고민과 격한 갈등을 하다가 자퇴를 하고 깊고 긴 수렁에 빠진 듯 고립의 시간을 보내게 되었습니다. 교사의 꿈도, 저의 삶도 사라질 것 같았어요. 그러나 아낌없이 베푼 많은 선생님이 떠오르며 교사가 되어야겠다는 신념은 변함없이 마음속에서 꿈틀거렸습니다.

선생님들의 사랑과 은혜에 보답하는 길은 '내가 선생님이 되어 또 다른 아이들에게 그 사랑을 주는 것이다.'라고 생각하며 유아교육과를 다시 선택하였습니다. 유아교육과는 전액 장학금을 받으며 교육학 공부를 계속할 수 있었기 때문이었지요. 그러나 유아교육 공부를 하면서 2차 성장기인 청소년기에 바른 가치관 정립도 중요하지만, 1차 성장기인 영·유아기는 모든 것을 거름망 없이 스펀지처럼 빨아들이는 시기로 전 생에 영향을 미치는 결정적 시기이며, 가장 중요한 시기임이 크게 와 닿았습니다.

교수님의 추천으로 대학 부설 유치원에 교사로 임용되어 수녀님이신 정젬마 원장님을 만났어요.
"선생님, 아이와 함께 하는 시간은 연습 시간이 되어서는 안 됩니다. 연습은 저와 하세요."

2년의 배움으로 아이들과 함께한다는 것이 턱없이 부족하다고 느꼈던 제게 정젬마 원장님의 말씀은 메아리가 되어 울렸습니다. 그리고 교사는 아이들을 위해서 배우고 나누기를 멈추면 안 된다는 다짐을 하게 되었습니다.

대학 부설 유치원 선생님으로 아이들과 함께 놀면서 신비한 에너지를 느꼈습니다. 아이들과 함께할 때 즐겁고 따뜻하고 행복했어요. 부정이 긍정으로 바뀌어 가고 있는 자신을 느끼면서 아이들과 함께 나누고 즐기고 싶은 것이 많아지고 반짝반짝 아이디어가 때와 장소를 가리지 않고 불쑥불쑥 떠올랐습니다. 밥을 먹을 때도, 화장실에 앉아 있을 때도, 놀이를 하는 아이들을 바라볼 때도 부모님들과 소통을 할 때도 교재와 놀이 영감이 떠올랐답니다.

"안 선생님은 참 창의적이야. 어떻게 그런 생각을 했어요?"

아이들과의 놀이를 지켜보던 정젬마 원장님의 칭찬과 격려는 교사인 저에게 자존감 회복과 자신감의 날개를 달아 주었습니다. 중요한 유아기의 아이들을 위해 원장님께 질문하고 찾고 배우기를 무한 반복하면서 저의 교육 철학이 다져지고 '따뜻한 교사상'을 실행하게 되었지요. 아이들과 함께하는 하루하루가 무한한 감동과 행복으로 가슴이 두근거렸어요. 월요일은 설레는 날이 되었고, 매일 기분 좋게 출근

하는 저를 보며 알아차렸답니다.

"아이들과 함께 하는 이 일은 나의 천직이구나!"

이 일이 천직임을 알게 해 주신 정젬마 원장님은 현재도 저의 유아교육 동행자이자 멘토로 끊임없이 힘을 주시는 은사님입니다.

2018년 겨울, 일부 잘못된 사람들이 저지른 나쁜 일들이 유아교육기관이 마치 부정부패의 산실인 것처럼 전체 유아교육을 바닥으로 내리치고 국민이 모든 유아교육자들을 불신의 관점으로 바라보게 했었지요. 30년간 유아교육을 천직으로 알고 소명을 갖고 했던 저는 너무나 허망하고 힘겨워 회의와 실의에 빠졌습니다. 이때 정젬마 원장님께서 직접 만든 카드에 손편지를 써서 제게 보내 주셨습니다.

안양숙 선생님께

자랑스러운 안양숙 원장님. 사랑해요.
유아교육 공공화로 어려운 환경 속에서도
오직 어린이 교육만을 위해 최선을 다하리라 생각하니
저의 마음이 흐뭇하고 가슴이 찡합니다.
어떠한 환경 속에서도 자신의 소신을 버리지 않고
일할 수 있는 사람이 있다는 것이 자랑스럽습니다.

현실이 우리를 힘들게 할지라도

"하느님은 우리가 아무리 불완전한 도구일지라도 그것으로

너무나 아름다운 그림을 그리신다."라는 믿음으로^^

'안양숙. 너 있는 그대로 참 좋다.'

하며 매일매일 칭찬, 격려하는 하루하루가 되시길…

힘내요. 안양숙!

- 정젬마 수녀 드림

저를 너무나 잘 알고 있는 스승님, 정젬마 원장님으로부터 다시 방향을 잡고 힘을 냈습니다.

'그래, 누가 뭐라 해도 선한 가치와 목적을 가지고 진실한 마음으로 소신을 다하면 돼.'

많은 은사님은 언제나 저의 북극성이었습니다. 북극성은 변함없이 북쪽을 가리키며 방향을 알려 주듯이, 선생님들의 은혜는 제 꿈의 북극성이 되어 나아가야 할 방향을 알려 주는 신비로운 힘이 되었지요. 선생님들의 사랑과 은혜는 저에게 '따뜻한 교사상'을 끊임없이 되새기며 실천하게 했습니다.

'배운다는 건, 가르친다는 건, 희망을 노래하는 것.' 노랫말을 흥얼거리며 저는 매일 아이들과 즐거운 성장을 하고 있습니다.

"선생님, 당신은 나의 꿈이 되었습니다. 저도 또 다른 사람들의 꿈이 되겠습니다."

우리는 동반 성장하는 교육자입니다

"아이들의 성장을 돕는 우리는 동반 성장하는 교육자입니다."

30년간 유아교육 현장에서 부모님께 협력을 요청하면서 하는 말이었어요. 아롱다롱 어린이집은 부모교육과 부모 참여 활동을 많이 합니다. 정기적으로 실행하며 프로젝트로 구성하여 실시합니다. 직장 다니는 엄마와 아빠도 예외일 수 없지요. 오전, 오후, 주말로 나누어 맞춤형으로 실시합니다.

아이들이 원에서 놀이하며 너무나 신나게 즐긴 마법의 놀이, 노래, 그림, 인성 덕목, 창의적 표현을 보며 저는 매일매일 감동합니다. 그저 바라만 보아도 성큼성큼 성장하고 있음에 큰 행복을 느끼지요. 그러나 원에서 이렇게 즐겁게 즐긴 놀이와 표현 활동이 가정과 연계가 되지 않으면 50%의 교육 효과도 기대하기 어려워요. 왜냐하면 부모님과 협력하여 가정과 연계가 이루어지면 아이들에게 동기부여가 되고 엄마 아빠와 공유하고 공감하면서 자존감과 자신감이 생기게 되며 이때 100%가 아닌 200%로 교육 효과가 나타나기 때문입니다.

"오늘 교육을 통해 알고는 있었지만 실천하지 않았던 것들과 평소에 내가 아이한테 하는 행동이 어떤지 되돌아보게 되고 많이 얻어가는 교육이었던 것 같습니다. 이 자리를 마련해 주신 원장님과 선생님들께 항상 감사하다는 말씀 전해드리고 싶습니다. 가슴 속 저 밑에 있던 감정과 누워서만 아이를 보던 제 모습을 깨워주신 교육 강사님께도 감사드립니다. 사랑하는 아들, 이제는 누워서 누가 더 오래 자나 시합이 아닌 눈을 마주 보고 할 수 있는 놀이를 해 줄게. 항상 고맙고 사랑한다."

-개인 사업을 하시는 아빠-

"안녕하세요? 주원이 아빠 000입니다. 3살 때만 해도 어린이집 안 간다고 해서 고생했을 때가 엊그제 같은데 4세가 되어 아롱다롱 어린이집으로 오고 난 뒤 즐겁게 등원하고 있어 정말 감사드립니다. 처음 오리엔테이션 때 원장 선생님의 말씀도 인상 깊었고, 그대로 진행되고 있어, 정말 감사드립니다. 전체적으로 선생님들께 다시 한번 표현이 서툴지만, 감사합니다."

-미래 청년 농업귀농인 아빠-

"오늘 교육으로 많은 의미와 감동이 함께 찾아오네요. 선생님, 정말 감사드리고요. 저도 노력은 하고 있으나 그러지 못해서 늘 아쉬움이 많이 남았는데 여러 가지 참여 교육을 통해 아이들에게 더욱 따뜻하고 다정한 아빠가 되어야겠다고 생각하게 되었네요. 아이와 함께한다는 것이 그렇게 많은 시간이 필요치 않은데, 늘 바쁘다는 핑계가 앞서 있었습니다. 앞으로 더욱 노력하는 아빠가 될게요. 감사합니다. 늘 감사드리고 힘내세요."

-직장인 아빠-

"오늘 교육하시느라 고생 많이 하셨습니다. 늦은 시간까지 저희를 위해 최선을 다하는 모습이 너무 감동적이었습니다. 앞으로도 이런 모습으로 아이에게 다가가는 따뜻하고 멋진 친구 같은 아빠가 될게요. 항상 예쁜 모습으로 행복하게 지내는 00이 가족이 될게요. 우리 가족 아내와 00이, 00이 많이많이 사랑해요^^ 아롱다롱 원장님, 선생님 감사합니다~~~!! 사랑합니다^^!!!"

-전기 자영업을 하시는 아빠-

"제가 도리어 원장님께 받은 마음이 큰 위로와 힘이 되었어요. 원장님의 따뜻하면서 단단한 에너지에 늘 감동하고 존경하는 마음 전합니다."

-전업주부인 어머니-

"참석이 몇 분 안 되는데도 직장 맘을 위해서 신경 써 주시고 늦은 시간까지 선생님들이랑 너무 감사해요. 원장님의 강의를 들으며 저 자신을 뒤돌아보며 반성하는 시간이기도 했어요. 원장님 이야기를 들으며 가슴이 철렁하고 아이한테 많이 미안했어요. 원장님의 직강을 들을 수 있어서 저한테는 너무 감사하고 좋은 시간이었습니다."

-직장 맘 어머니-

아롱다롱 어린이집은 어머니, 아버지의 부모교육, 부모 참여 활동 참여율이 높습니다. 그러나 처음부터 그렇지는 않았지요. 부모님은 수많은 이유로 참석하기 전까지는 고민을 합니다. 그러나 아이들 성장을 위해서 부모님의 역할과 협력이 너무나 중요하기에 오롯이 아이를 위한 진심 하나로, 인디언의 기우제처럼 될 때까지 끊임없이 두드리고 소통하였어요. 아이의 관점이 우선인 마음과 아이를 향한 진심이 통하면서 부모교육 참여율이 높아지게 되었습니다. 아이들에게 선한 영향력을 미치기 위해 부모님과 함께하고자 하는 교육 철학과 운영 원칙을 지키며 아이들의 즐거운 성장은 물론 부모, 교사의 지속적인 행복한 성장까지 이루게 되었답니다.

아이들을 위한 우리들의 동반 성장 활동은 체계적이고 지속적으로 진행했습니다.

첫째, 2007년부터 현재까지 운영 위원회를 구성하여 학부모님이 원 운영에 참여할 수 있도록 했습니다. 모든 부모님께 원 운영 상황을 오픈하고 원 환경을 개방하여 부모님의 소리에 귀를 기울였습니다.

둘째, 학기 초 학부모 연간 도우미 교사를 신청받아 도움을 요청했습니다. 아이들의 실내·외 체험 활동에 안전과 개별성 존중을 위해서 자녀를 사랑하는 마음이 우선인 부모님은 훌륭한 인적 자원이 되었지요. 연간 도우미 교사의 목적과 역할, 태도를 안내하고 학기 초 신청받아 '학부모 연간 도우미 교사' 교육을 받게 한 후 1년간 책임감을 부여했습니다. 생태체험 활동과 다양한 체험 활동에 '도우미 교사 OOO'이라는 명찰을 달고 참여했지요. 처음에는 내 자녀를 위해 참석하는 부모 마음이 보이지만, 도우미 교사로 활동을 하면서 점차 전체 원아가 한 명 한 명 소중하고 귀하게 보이는 교사의 마음이 생기고 역량도 강화되어 효능감이 높아진답니다.

셋째, 다양한 콘텐츠와 체계적인 프로그램 구성으로 이루어진 부모교육을 진행했습니다. 책임감과 육아 부담으로 마음만 무거운 부모가 아니라 부모로서 자존감과 자신감을 갖도록 부모 됨, 자녀의 발달 이해와 행동 특성 이해, 부모의 성향과 자녀의 유형에 따른 상호작용법 등 부모 역량 강화를 위한 부모교육을 세분화하여 계획하고 실시했습니다. 또한 자녀와 함께하는 인성 미션 활동, 가족 참여 체험 놀이, 맘들의 힐링 공감 프로그램, 안전 프로젝트를 실행하며 아이, 부모, 교사가 서로 존중하고 공감하고 화합하는 장으로 확장했답니다.

넷째, 연령별 활동 프로그램 이해 및 가정과의 연계 협력 방안과 실천 방법을 3월 한 달간 교육했어요. 지속적인 교육 효과를 위해서는 가정과의 연계가 매우 중요하지요. 원에서 즐긴 놀이는 가정에서 자연스럽게 표현되는데, 이때 부모님이 알아차리고 관심과 격려를 하면 아이들의 표현은 빈번해지면서 자존감과 자신감이 향상됩니다. 부모님의 작은 변화는 아이들에게 긍정적 변화와 성장을 가져오고 부모님도 자존감을 갖게 되지요. 그 결과 교육 활동과 프로그램은 200%의 효과가 나타나며 지속적으로 이루어지게 된답니다.

다섯째, 처음 원에 오는 아이와 부모의 적응을 돕기 위해 아이와 부모가 함께 참여하는 적응 프로그램을 12월, 1월, 2월에 3개월 동안 3회 진행했습니다. 모든 사람은 낯선 환경에 적응하려면 시간이 필요하지요. 부모님과 함께 기간 차이를 두고 3회 방문하여 원 환경을 탐색하고 선생님들과 즐기는 놀이 활동은 부모의 불안을 믿음과 신뢰로, 아이의 두려움을 편안함과 호기심으로 변화시켜 주었습니다.

'Open Mind'

아이, 부모, 교사, 원, 모두에게 열려있는 어린이집. 누구나 올 수 있고, 누구나 참여할 수 있도록 원을 개방했어요. 다양한 부모 참여, 부모 모니터링, 급·배식 도우미, 미션 수행 발표, 설문지, 수요 조사, 만족도 평가 등으로 아이와 부모, 교사와 부모, 원과 부모의 소통과 만남이 잦을수록 원 개방으로 인한 장점과 긍정적 효과가 높아졌어요. 서로의 신뢰도가 높아지면서 아이를 위해 서로 멘토, 멘티가 되어 부모와 교사의 역량이 강화되어 동반 성장하게 되었답니다.

아이로 인해, 아이를 위해 만난 부모님!

부모가 처음이라 당황하고 힘들어하는 분들도 많았고, 자녀를 너무나 사랑하는데 방법을 잘 몰라 자괴감을 느끼는 분들도 있었지요. 물론 따뜻한 마음으로 노력하시는 분들도 많았고, 제가 그리던 '부모상'도 있었습니다. 또 몇 년 전부터는 자녀를 위해 동반 성장하고자 노력하는 학부모님 중에 제자도 여러 명 만나게 되었습니다.

제게 주겠다고 쪼글쪼글해진 젤리 하나를 건네준 일곱 살의 OOO. '내게 줄 젤리를 얼마나 소중히 여기고 손 안에서 지키려고 했을까?' 그 따뜻하고 순수한 마음을 제 가슴에 뭉클하게 남게 했던 그 아이는 이제 두 아이의 아빠가 되었고 학부모가 되었지요.

"선생님, 저는 커서 아롱다롱 선생님이 될 거예요."라고 말했던 OOO.

중학생이 되었다고 스승의 날 원에 찾아와서 "선생님 감사합니다." 라는 말과 함께 코브라 머리띠를 전해 주고는 제가 말을 더 잇기도 전에 자리를 뜨던, 부끄러움이 많았던 OO도 두 아이의 엄마가 되어 지금 두 자녀와 동반 성장하는 학부모가 되었답니다.

늘 밝게 웃던 스마일 OOO는 세 자녀의 아빠가 되어서, 생각이 많고 창의적이던 OOO는 멋진 디자이너인 워킹맘 학부모로 다시 만났습니다.

결정적인 시기인 유아기 교육자의 길을 선택하여 천직으로 여기며 꿈을 실행할 수 있었던 것은 혼자가 아니라 학부모님이 함께했기 때문이며, 행복과 보람을 느낄 수 있었답니다. 무한한 잠재력과 제각기 다른 빛을 가진 아이들의 개별성을 존중하고 그 빛을 발산할 수 있도록 돕는 행복한 날을 오늘도 맞이합니다. 자녀를 가장 사랑하는 부모님과 함께!

"부모님, 우리는 동반성장 하는 교육자입니다."

배우고 나누기를 멈추지 않는 열정가

"사랑합니다! 감사합니다! 존경합니다!"

저의 원에는 현재 길게는 21년, 18년, 10년, 9년, 8년을 장기근속하시는 선생님과 5년, 3년, 2년, 1년 차 선생님들이 함께하고 있어요. 선생님들이 장기근속하시는 이유는 일이 몸에 배어 편안해서가 아닙니다. 따뜻한 교사상을 실천하면서 단단해지는 소명 의식과 배우고 나누고자 하는 열정 때문입니다.

'교육의 질은 교사의 질을 능가할 수 없고, 교사의 질이 교육의 질이다.'라고 많은 사람이 말합니다. 저 또한 '교사는 누구나 할 수 있지만 아무나 해서는 안 된다.'라는 신념을 갖고 있습니다. 교사는 잘 가르치는 선생님이 아니라, 아이를 따뜻하게 바라보고 존중해 주는 선생님, 똑똑한 선생님이 아니라 따뜻한 선생님이어야 합니다. 교사는 영혼을 다루는 존재이기 때문이지요.

"우리 다 미쳤다. 그치?"
"그러니 우리가 미치고자 하는 곳에 미칠 거예요."
오롯이 아이들의 성장에 선한 영향력을 미치고자 하는 우리의 마음은 항상 통했습니다. 매일 힘찬 구호를 외치면서 시작했던 많은 선생님을 돌아보니 힘들었던 일과 행복했던 일들, 가슴 뭉클했던 일과 고마웠던 일들이 한 편의 영화처럼 그려집니다.

아픈 아이를 끌어안고 눈물 흘리며 잠을 재우던 선생님을 보면서 마음 아렸던 일.
대학을 갓 졸업하고 오셨던 선생님들이 결혼과 출산으로 이어지고 가족의 대소사를 함께 하며 희로애락을 나누었던 시간.
다양한 아이와 부모님들의 반응에 자책하는 선생님을 보며 가슴 아팠던 일.
늦은 시각 이어지는 업무에도 하하 호호 웃으면서 서로에게 에너지를 전해 주는 선생님들을 보며 감사함과 미안함을 느꼈던 순간.
아이들을 위해 다양한 교수법 연구와 교육으로 평일 야간과 주말을 수시로 반납한 선생님들의 열정에 감동해서 눈시울 뜨거워졌던 일.

선생님들이 소명을 갖고 진심으로 아이들의 성장을 위해 노력하시는 모습은 언제나 진한 감동을 주었지요. 배우고 나누고자 하는 열정은 선생님들의 역량 강화와 자기 개발로 이어졌고 아동 미술, 숲 놀이, 컴퓨터 활용, 관찰과 일지 작성, 소통과 상호작용, 신나는 우리말 놀이 등 각 선생님들의 강점 역량은 동료 교사 장학으로 이어졌습니다. 동료 장학으로 더 성장한 선생님은 부모교육 때 강사로 서기도 했는데 부모님으로부터 신뢰와 믿음이 더 커지는 효과를 가져왔지요.

'성공하는 사람은 뛰어난 자가 아닌 열정을 가진 사람이다. 열정이 습관화되면 삶이 신나고, 삶이 신나는 사람은 행동하고 또 행동한다.'라는 이채운 작가의 글귀처럼 교육 현장에서 뜨거운 열정을 가진 선생님들을 많이 만납니다. 열정을 가진 많은 선생님은 아이들의 영혼을 다루는 가치 있고 소중한 일을 결코 소홀히 하지 않습니다. 제대로 된 교육 철학을 바탕으로 아이들이 중심이 되는 교육을 실행해야 한다는 사명감으로 열정을 다하지요. 열정이 습관화된 선생님들은 끊임없이 배우고 나누기를 멈추지 않고 행동하고 또 행동하고 있습니다.

그러나 이런 열정은 그냥 생기지 않습니다. 대학을 졸업하고 초임이 되었을 때 이론과 현실은 너무 다르다며 눈물 콧물을 쏟으며 '이 일은 내 길이 아닌가 봐.', '내가 지금 아이들한테 잘해 주고 있나?' 자학과 반성의 자기 성찰을 수없이 반복합니다. 그런데 "선생님, 사랑해요."라며 처음 선생님을 그려주는 아이와 "선생님하고 결혼할래요."라는 사랑스럽고 귀여운 아이들이 마음을 다잡게 해 주지요. 어느 직

장이든 3년이 고비라고 했나요? 유아 교사들도 3년이 고비라고 할 수 있습니다. 이때 경력 선생님들의 동료 장학과 자신의 인내와 노력은, 이론과 현실이 다르지 않았고 자신이 적용하지 못했다는 것을 느끼게 되면서 교육관을 다지게 되지요.

그 이후 원과 자신의 교육 철학을 바탕으로 교사상을 세워 배우고 나누기를 이어갑니다. '천재는 노력하는 자를 이길 수 없고, 노력하는 자는 즐기는 자를 이길 수 없다.'라는 공자의 말씀처럼 현장의 많은 선생님은 3년의 노력을 바탕으로 아이들과 함께 꿈꾸며 즐기기를 이어가게 되지요. 아이들의 행복한 성장을 위한 프로그램을 개발하고 다양한 놀이를 즐기면서 선생님들의 교사 효능감과 성취감이 높아지고 교육의 질이 향상됩니다.

"선생님, 사랑합니다! 감사합니다! 존경합니다!"

유아교육 현장의 많은 교사는 아이들을 위해 함께 꿈꾸며, 사랑하며, 표현하고 있습니다. 그렇기에 혼자서는 할 수 없는 일들을 동행하는 유아 교육자들이 있어 마르지 않는 열정을 매일 뿜어낼 수 있지요. 힘든 상황에서도 늘 미소로 '따뜻한 교사상'을 실천하며 유아교육 현장에 있는 모든 선생님께 갈채와 박수를 보내드립니다.

"꿈을 품고 무언가를 할 수 있다면 그것을 시작하라. 새로운 일을 시작하는 용기 속에 당신의 천재성과 능력과 기적이 모두 숨어 있다."라는 괴테의 말을 떠올립니다.

선생님! 아이들과 꿈꾸고, 표현하고, 사랑하는 일을 절대 멈추지 마십시오.
선생님, 당신은 중요한 사람입니다!

선생님의 꿈과 열정은 아이들의 또 다른 꿈과 용기와 열정이 될 것입니다.

배우고 나누기를 멈추지 않는 열정적인 선생님과 제각기 아름답게 빛나는 아이들 덕분에 유아교육 현장의 행복한 미소가 따뜻하게 널리 퍼집니다.

꿈꾸지 않으면

(간디학교 교가)

꿈꾸지 않으면 사는 게 아니라고

별 헤는 맘으로 없는 길 가려네
사랑하지 않으면 사는 게 아니라고
설레는 마음으로 낯선 길 가려 하네

아름다운 꿈꾸며 사랑하는 우리
아무도 가지 않은 길 가는 우리
누구도 꿈꾸지 못한 우리들의 세상
만들어 가네

배운다는 건 (배운다는 건) 꿈을 꾸는 것
가르친다는 건 (가르친다는 건) 희망을 노래하는 것
배운다는 건 (배운다는 건) 꿈을 꾸는 것
가르친다는 건 (가르친다는 건) 희망을 노래하는 것

우리 알고 있네 우리 알고 있네
배운다는 건 가르친다는 건
희망을 노래하는 것

그대 내게 행복을 주는 사람

~~~~~~~~~~~~~~~~~~~~~~~~~~~~~~~

"선생님, 응가 다 했어요!"

별님들이 외치는 이 소리가 너무나 정겹고 좋습니다.

"음… 사랑하는 00의 목소리구나. 원장 선생님이 갈게요."

"원장 선생님, 어떻게 알았어요?"

목소리를 듣고 자기를 알아 준 것이 좋아 하염없이 눈에 하트를 그려 보내주는 아이들이 너무나 사랑스럽습니다.

"00야 안녕하세요? 사랑해!"

두 팔을 벌리면 달려와 와락 안기며 "사랑해요."라고 말해 주는 별님들은 제게 행복을 주는 사람입니다.

"늘 원장님 열정에 힘이 나는 학부모입니다. 기다리고 있는 사람이 많아요."라며 부모교육을 기다리는 학부모님. "원장님 제 이름을 찾게 해 주셔서 감사합니다."라며 잃어버린 자존감을 회복했다는 학부모님도 제게 행복을 주는 사람입니다.

제게 행복을 주는 사람은 또 있습니다. 아이들의 행복한 성장을 돕기 위해 서로 힘이 되어준 현장에서 만난 많은 선생님과 원장님입니다. 아이들이 어떻게 하면 더 즐겁게 놀이를 즐길 수 있을까? 아이들의 잠재력을 더 끌어내어 맘껏 표현할 수 있는 방법은 무엇일까? 아이들의 개별성 존중을 위해 자존감과 자신감 향상을 위해서 무엇을 할까? 행복한 고민을 하며 교육과 연수에 모인 열정적인 교사와 원장님들은 제게 행복을 주는 사람입니다.

현재 우리나라 유아교육 기관은 교육부에서 관할하는 유치원과 복지부에서 관할하는 어린이집이 있어요. 각 유아교육 기관은 설립 주체에 따라 구분하면 국가에서 설립 운영하는 공립 유치원으로 병설과 단설 유치원이 있고 개인 설립자인 사립 유치원이 있습니다. 어린이집도 국가에서 설립하여 직영이나 위탁 운영을 하는 국공립 어린이집이 있고 민간, 개인이 설립 주체인 가정 어린이집과 민간 어린이집, 공공형 어린이집, 영아전담 어린이집 등 사립 어린이집이 있어요. 그 외 직장 어린이집과 단체나 복지 법인이 설립한 법인 어린이집, 공동육아 형태의 부모 협동 어린이집이 있습니다.

이런 유아교육 기관의 원장은 유아교육과 관련된 전문 지식과 역량을 쌓고 저마다의 교육 철학을 바탕으로 아이들의 성장을 돕기 위해 교사, 부모와 함께 하나가 되어 효율적이고 투명하게 원을 운영하고 있습니다.

'교육의 질이 교사의 질'이라면 '교사의 질은 원장의 질'이라고 할 수 있기에, 원장의 자격과 역할이 교육의 질이 된다는 책임감과 사명감을 가지고 지속적인 연수와 자기 개발로 역량을 강화하고 있답니다.

저 또한 다양한 국가 산학협력 기관과 연구소를 찾아다니면서 30년간 배우고 나누기를 멈추지 않았는데 이때 많은 선생님과 원장님, 교육전문가들을 만났지요. 끊임없는 소통과 연구로 역량이 강화된 원장님들과 연구회를 만들어 지속적인 성장을 이어가고 있는데 현장에는 정말 훌륭하고 존경스러운 분들이 많았습니다. 우리는 유치원과 어린이집을 구분하지 않았고, 사립과 국립을 구분하지 않았어요. 우리는 교육자이며 아이들의 행복한 성장을 위해 교사와 부모가 성장하도록 선한 영향력을 미쳐야 한다는 사명감이 있었을 뿐입니다.

에너지를 전하는 사람들!
함께하면 사명이 더 분명해지는 사람들!
서로 행복을 주는 사람들!
이들은 현장에서 살아있는 교육을 실행하는 교육자였습니다.

　그런데 가끔 교육자의 자질이 의심스럽고 자격과 사명감이 없는 사람들이 해서는 안 되고 있어서는 안 될 일들로 전 국민의 분노를 사기도 합니다. 같은 유아 교육자이자 운영자로서 더욱더 분노가 일어났지요. 언론에 보도될 때마다 많은 교육자에게 상처를 주지만 그런 사람들은 존재하면 안 된다는 생각에 '그래, 그래도 몇몇 저런 사람을 밝혀 더는 같은 일이 반복되게 해서는 안 돼.'라고 격분하며 응징하기도 했어요. 하지만 대대적이고 자극적인 언론보도로 그렇지 않은, 정말 진정성 있고 투명하게 잘 운영하는 기관들도 의심의 눈초리를 받기도 했습니다. 저 또한 그랬습니다. 크게 분노했던 만큼 '나를… 우리 원을 의심하지 않았을까?'라는 생각조차도 저에겐 너무나 큰 상처가 되었습니다.

"원장 선생님 어디 아파요? 아프지 마세요?"라고 물어보며 걱정해 준 별님들.

"원장님 힘드시죠? 원장님은 다르단 거 알고 있어요. 믿어요."라고 말해 주는 학부모님.

"원장님, 우리가 있잖아요. 우리는 알고 있어요. 아자, 아자, 아자! 힘내세요."라고 말해 준 선생님.

"어떠한 환경 속에서도 자신의 소신을 버리지 않고, 일할 수 있는 사람이 있다는 것이 자랑스럽습니다."라고 격려해 준 스승이신 원장님.

저에게 힘을 주는 사람들이 있어서 버틸 수 있었고, 제게 행복을 주는 사람들이 있어서 더욱더 바른 교육, 투명한 운영에 대한 신념을 다잡을 수 있었습니다.

아이들을 위한 소중하고 가치 있는 일은 언제나 함께였습니다.

아이들을 위해 만난 우리! 우리는 행복을 주는 사람입니다.

그래서 저는 오늘도
'그대 내게 행복을 주는 사람' 노래를 흥얼거립니다.

그대 내게 행복을 주는 사람

- 작사, 작곡 이주호

내가 가는 길이 험하고 멀지라도
그대 함께 간다면 좋겠네
우리 가는 길에 아침햇살 비추면
행복하다고 말해 주겠네

이리저리 둘러봐도 제일 좋은 건
그대와 함께 있는 것

그대 내게 행복을 주는 사람
내가 가는 길이 험하고 멀지라도
그대 내게 행복을 주는 사람

때론 지루하고 외로운 길이라도
그대 함께 간다면 좋겠네
때론 즐거움에 웃음 짓는 나날이어서
행복하다고 말해주겠네

이리저리 둘러봐도 제일 좋은 건
그대와 함께 있는 것

그대 내게 행복을 주는 사람
내가 가는 길이 험하고 멀지라도
그대 내게 행복을 주는 사람

그대 내게 행복을 주는 사람
내가 가는 길이 험하고 멀지라도
그대 내게 행복을 주는 사람

"회복탄력성의 요소와 키우는 방법"

회복탄력성은 실패나 부정적인 상황을 극복하고 원래의 안정된 심리적 상태를 되찾는 능력입니다. 위기나 어려움을 극복하고 긍정적 상태로 되돌아가는 비인지 능력으로 마음 근력이라고도 하지요. 다쳤을 때 상처에 연고를 발라 주면 새살이 돋아나듯이, 마음에 상처가 났을 때는 회복탄력성이 마음근육을 단단하게 해주지요. 호흡에 이상이 생겼을 때 심폐소생술이 사람의 생명을 살리듯이, 마음에 이상이 생겼을 때 회복탄력성이 심리적 심폐소생술이 되어 사람의 생명을 살릴 수 있어요.

아이의 행복한 성장을 위해 회복탄력성은 부모와 아이가 키워야 할 능력입니다.

자기조절능력

자기조절능력은 화가 나는 일, 기쁜 일에 대해 자신의 감정과 욕구를 상황에 맞게 적절하게 나타내는 것을 말합니다. 분노나 짜증처럼 부정적인 감정을 조절 하고, 기분에 휩쓸리는 충동을 통제하고, 자신에게 닥친 문제를 긍정적으로 바라보면서 원인분석을 하는 능력이라고도 하지요. 자기조절능력은 정기적인 가족회의, 순서와 규칙이 있는 놀이나 게임, 역할놀이로 키울 수 있어요. 상호작용과 놀이를 통해 순서와 규칙을 받아들이고, 이기고 질 때 감정을 통제하는 경험을 할 수 있기 때문이에요.

대인관계능력

대인관계능력은 다른 사람의 마음과 감정 상태를 빠르게 파악하고 깊이 이해하며 공감함으로써 원만한 인간관계를 맺고 유지하는 능력입니다. 타인의 마음, 감정, 생각, 기분을 같이 느낄 수 있는 공감능력이라고도 하지요. 공감능력은 독서로 자연스럽게 배우게 되고, 가족 대화, 식물이나 반려동물 키우기를 통해 '아, 그럴 수 있겠다'라는 마음으로 상대방을 이해하고, 소통하는 능력이 길러집니다. 바로 사람의 마음을 움직이는 힘을 키우는 것이에요.

긍정성

긍정성은 스스로의 장점과 강점을 낙관적으로 바라보는 태도, 행복의 기본수준이라 할 수 있는 삶에 대한 만족도, 삶과 주변 사람에 대한 감사하는 태도를 말한다고 합니다. 긍정성을 높이기 위한 가장 좋은 활동은 함께하는 사람들에게 칭찬하기. 감사한 것 찾기 ,자기에게 감사하기입니다. 특히 '매일 감사일기 쓰기'는 매우 효과적이지요. 긍정성은 자신뿐만 아니라 주변사람들까지 행복하게 만들어 주는 '행복한 삶을 결정하는 원동력'입니다.

가장 따뜻하면서도 강인한
영원한 울림의 교육자를 위하여

선생님의 은혜로 '따뜻한 교사상' 꿈을 꾸고 실행하고자 교육자라는 길을 만 30년을 넘어 지금도 걸어가고 있습니다. 혼자가 아니라 함께였기에 초심을 잃지 않고 행복한 성장을 꿈꾸며 실행할 수 있었지요.

"아이들의 행복한 성장! 부모님의 역량 강화! 부모와 자녀의 동반 성장!"을 꿈꾸며 아이들의 즐겁고 행복한 성장을 위해 부모님과 함께 현장에서 배우고 나누기를 멈추지 않았던 유아 교육인의 한 사람으로 그 시간이 너무나 가슴 벅차고 행복했습니다.

절대 짧지 않았던 시간을 보내고 지금까지 이어가는 이유는… 단하나!

"아이들의 행복한 성장을 위해서"
가장 중요한 이 하나의 기본 원칙은 많은 것을 이루게 했답니다.

'여자는 약하지만, 엄마는 강하다.'라는 옛말이 아니라, '가장 따뜻하지만, 부모는 강하다.'라는 신념으로 함께하면서 저는 세상에서 가장 따뜻하면서도 강인한 부모는 영원한 울림의 교육자임을 확신하게 되었습니다.

아프리카 속담 중 '한 아이를 키우기 위해서는 한 마을이 필요하다.'라는 말이 있습니다.

그렇습니다. 현장에 있으면서 더 절실하게 느끼고 있었지요. 아이들은 즐겁게 놀면서 저마다 경험을 바탕으로 새로운 삶의 지식과 지혜를 키워갑니다. 하지만 원과 가정과 사회와 연계 확장의 경험이 이루어지지 않으면 반쪽 성장도 이루어지지 않지요. 아이들의 놀이는 일이요, 일상이며 배움이기 때문이지요. 이것은 때와 장소를 가리지 않는 아이들의 삶 그 자체입니다.

모든 부모는 사랑하는 자녀가 건강하게 자라길 바라며 따뜻한 조력자가 되기도 하고 자녀를 보호하기 위해서는 가장 강인한 지원자가 되기도 하지요. 그러나 그 마음을 일상에서는 놓치거나 잊을 때가 많아요. 공자께서는 '인간의 천성은 비슷하지만 습관에 의해서 완전히 달라진다.'라고 했습니다. 가장 소중한 자녀를 향한 마음을 일상의 한순간에도 잊지 않기 위해서는 생각이 말로, 말이 행동으로, 행동이 습관으로 실행되어야 해요. 그래서 부모교육을 간헐적이거나 형식적으로 하지 않고, 정기적으로 지속해서 실시하고 매일 실행 미션을 주어 마음이 생각에서 말과 행동으로 습관화될 수 있도록 노력했답니다. 교육 전과 교육 후의 달라진 부모님의 모습은 아이들의 성장에도, 가족의 행복지수에도 큰 변화를 가져왔으며 모두 동반 성장하는 기쁨을 함께 나눌 수 있었지요.

이 책은 만 30년 동안 유아교육 현장에서 많은 부모님과 함께 나누었던 이야기와 미션들이에요. 사랑하는 자녀와 건강하고 행복하게 성장하길 바라시는 분들께 도움이 되었으면 하는 바람으로 용기를 내어 출간하게 되었습니다. 아울러 현재와 미래의 따뜻한 유아 교육자들에게 힘이 되었으면 하는 바람입니다.

아무것도 시도하지 않은 사람은 아무것도 이룰 수 없다고 합니다. 지금도 늦지 않습니다. 아이를 위한 미션을 지금부터 매일매일, 꾸준히 실행한다면 생각이 행동으로 옮겨지고 반복된 행동은 습관이 되어 부모와 자녀의 놀라운 동반 성장을 가져다줄 거예요.

"세상에서 가장 따뜻하면서도 강인한 부모는 영원한 울림의 교육자입니다."

이 책이 가장 따뜻하면서도 강인한 영원한 울림의 교육자에게 도움이 되길 바랍니다.

2020년 9월 저자 안양숙

부모님, 당신도 교육자입니다

초판 인쇄	2020년 12월 2일
초판 발행	2020년 12월 10일
글쓴이	안양숙
발행인	조현수
펴낸곳	도서출판 프로방스
기획	조용재
마케팅	최관호 백소영
편집	권 표
디자인	호기심고양이
주소	경기도 고양시 일산동구 백석2동 1301-2
	넥스빌오피스텔 704호
전화	031-925-5366~7
팩스	031-925-5368
이메일	provence70@naver.com
등록번호	제2016-000126호
등록	2016년 06월 23일

정가 15,800원
ISBN 979-11-6480-093-3 03810